잘 살고 있나요?

잘
살고 있나요?

〈밥이 고맙다〉

이종완의

두 번째

감성 에세이

이종완 지음

모아북스
MOABOOKS

[머리말]

내 삶에 균형추를 달다 • 11

1장

인생은
있음 반, 없음 반!

2장

세상이 흔들려도
삶에 균형추가 있다면 언제나 행복하다

내 삶에
균형추를 달다

    인생의 무대에는 정해진 대본이 없다. 리허설도 없다. 삶의 원칙과 소중한 가치가 무시되는 일상은 인생의 근간을 뒤흔든다. 산다는 것은 실수와 후회를 줄여 스스로 만족하고 성공적인 삶을 추구하기 위해 애쓰는 수양修養의 과정이다.

    마음은 눈과 귀를 종속하는 방식으로 인간의 행동과 삶을 지배한다. 사람답게 살고 싶은 사람에게 마음을 다잡는 시간은 절대적이다. 깊은 생각에서 나오는 말과 행동으로 살지 못하는 자신을 절제하고 수련하는 것이 성찰이다. 매 순간 감동적인 삶을 원한다면 일생에 걸쳐 수행해야 하는 필연적인 과제가 성찰이다. 인생의 가치는 삶에 대한 시선을 바꾸는 성찰로 빛난다.

마음과 생각, 말과 글, 행동은 자신의 운명을 결정하는 신이다. 남이 보지 않아도 도리에 어긋나지 않도록 조심하여 말과 행동을 삼가는 신독愼獨의 삶이 자신과 상대방을 속이지 않고 정직한 사람으로 온전하게 살게 해준다. 인생은 삶의 원칙과 소중한 가치를 일상에 엄격하게 적용하고 지키는 것으로 완성된다.

이 책은《밥이 고맙다》출간 이후 나는 누구이고, 어떻게 사는 것이 사람답게 사는 것인지 고민한 흔적이다. 그리고 추악한 마음과 삶을 성찰하는 과정에서 드러난 부끄러운 자화상이고 고백이다. 삶의 본질과 가치를 찾기 위해 마음공부하며 수양했던 날들의 다짐이다. 자신의 내면을 직시하고 직면하는 시간으로 삶을 성찰하고, 자신과의 소통으로 내적 성장을 실현하고, 삶을 통찰하는 지혜로 행복을 완성하는 여정에 독자들과 함께 동행하고 싶다.

이종완

1장

인생은
있음 반,
없음 반!

0.1초의
습관

인생은 습관이라는 돌을 바꾸어 놓아가며 건너는 징검다리다. 살면서 습관을 바꿔 놓아가며 건너는 것이 만만치 않다. 인생의 노정은 작심하지 않고는 건널 수 없다. 작심은 습관으로 투영된다. 습관은 작심이 내면화된 실천의 산물이다.

습관은 개인의 정체성이다. 습관을 보면 그 사람이 어떻게 살아왔는지 가늠할 수 있다. 습관은 개인의 삶을 비춰주는 거울이다. 그리고 습관에는 시스템적인 힘이 내재되어 있다. 습관은 개인의 의지를 조정하고 통제한다. 습관은 매 순간 긴장하고 가장 하고 싶은 일에 최선을 다하게 한다. 습관을 보면 그 사람이 어떤 삶을 살게 될지 예측할 수 있다. 습관은 현재의 삶을 만드는 주체이고 미래의 삶을 결정짓는 원동력이다.

삶은 습관과 싸우는 일이다. 인생은 자기 스스로 오랫동안 되풀이하여 몸에 익은 채로 굳어진 개인적 행동을 유지하고 바꿔나가는 과정이다. 사람마다 초 단위, 분 단위, 시간 단위, 일 단위, 월 단위, 년 단위의 습관과 싸우며 산다.

작가 조정래는 이렇게 말한다.

"대하소설을 쓰는 일은 0.1초의 습관과 싸우는 일입니다. 0.1초의 습관과의 싸움, 거기서 이기는 방법을 찾아야 했습니다. 처음의 긴장을 끝까지 유지하기, 스스로 지치지 않기, 이것을 이루어내는 방법은 딱 한 가지뿐이었습니다. 최대한의 시간 단축! 처음의 긴장을 끝까지 유지하려면 최대한 시간을 단축해가며 집중적으로 몰두하는 방법밖에 없다는 판단이었습니다."

0.1초 단위로 습관과 싸우며 사는 작가 조정래의 삶이 경이롭다. 분 단위의 습관과 싸우며 살아가는 사람이 초 단위의 습관과 싸우며 살아가는 사람을 능가하기가 어려운 게 세상이치다.

세상을 살면서 부딪치는 습관과의 싸움에서 이기고 지는 것은 0.07초에 갈린다. 뇌의 특성을 보면 전두엽은 신뢰와 긍정적인 영역을 관장하고, 편도체는 불신과 부정적인 영역을 관장한다. 상대방에게 편안함, 안정, 친밀감을 느끼면 전두엽이 활성화되고 두려움, 불안, 위협을 느끼면 편도체가 활성화된다.

세계적인 커뮤니케이션 전문가 주디스 E. 글레이저는 "뇌는 상대가 적인지 친구인지를 0.07초면 판단한다. 상대방이 적으로 판단되면 달아나거나, 싸우거나, 죽은척하라고 몸에 지시하는 등 자신을 지키는 데 집중한다"라고 말한다. 뇌가 0.07초에 상대방이 내 편인지 적인지를 가르듯이, 어떤 일을 할지 말지에 절대적인 영향력을 미치는 습관과의 싸움도 0.07초면 끝이 난다. 인생의 성공 여부를 결정하는 실행력도 0.07초의 습관과의 싸움에서 판가름 난다.

아놀드 베넷도 "진정한 비극은 정신을 바짝 차리고 최선의 노력을 기울이지 않은 자의 비극이다. 자신의 능력을 최대한 펼쳐보지도 못하고 자신의 모습 그대로 우뚝 서보지도 못한 자의 비극"이라고 말했다. 세상살이에서 비극을 경험하지 않으려면 0.1초와 0.07초의 습관과 싸워 이겨야 한다. 습관과의 싸움에서 이기는 사람이 프로와 전문가가 되고 성과와 업적을 내게 된다.

누구든지 습관과 싸워 이기려면 다카하시 마코토의 4고考법 즉, 마음으로 생각하는 심고心考, 머리로 생각하는 사고思考, 손으로 생각하는 수고手考, 발로 생각하는 족고足考를 일상의 삶 속에 실천해보길 권한다. 매 순간 0.1초의 습관과 싸워 이기는 것만큼 더 무서운 건 세상에 없다.

150원이
뭐길래!

도로를 이용하다 보면 통행료가 부과되는 곳을 지나게 된다. 교통량을 분산하여 교통체증을 피하기 위해 통행료를 할인해주기도 한다. 나도 일주일에 한 번씩 통행료 할인 혜택을 받고 있다. 원래 요금은 400원인데 7시 전에 그 구간을 통과하면 250원만 결제하면 된다. 결국 150원을 절약하는 셈이다.

그런데 어느 순간 나도 모르게 7시 이전에 그 구간을 통과하기 위해 애쓰는 내 모습이 보였다. 나의 애씀은 속도 계기판의 눈금에 비례하여 나타나고 있었다. 150원이 뭐길래 위험을 담보로 하면서까지 속도를 내는지 모를 일이었다. 150원이 아까워서, 아끼기 위해서라는 것도 설득력이 약하다. 150원이라는 숫자는 무시해도 될 만한 금액이지 않은가.

내가 그 구간을 7시 이전에 통과하려고 안간힘을 쓰는 이유에 대해 이런저런 생각이 든다. 그 지점을 7시 이전에 통과해야 출근 시간에 늦지 않는다는 무의식적인 계산법이 작용했을 수도 있다. 통행료 할인 지점에서 멀리 떨어져 있을 때는 전혀 생각이 나지 않다가도 가까운 거리가 되면 7시 이전에 통과할 수 있는지를 가늠해서 속도가 정해지니 이상한 노릇이다. 일종의 중독 현상에 빠진 느낌이다. 나의 중독 현상은 150원의 가치 때문이 아니라 7시 이전에 통과하여 150원의 할인 혜택을 받는 기쁨과 희열에서 비롯된 듯하다.

어느 해인가 애니팡 게임에 푹 빠진 사람들을 지하철이나 사무실에서 쉽게 볼 수 있었다. 같은 동물을 세 개 이상 일치시켜 점수를 얻는 단순한 게임이 우리 삶에 깊게 파고들고 있다.

어느 날 카톡으로 날아온 초대장 하나가 나의 일상을 바꿨다. 아무리 눈을 부릅뜨고 손가락을 분주히 움직여보지만 내 점수는 제자리다. 그런데 카톡 친구의 점수는 내 입을 다물지 못하게 만든다. 은근히 경쟁 심리가 발동한다. 카톡 친구보다 높은 점수를 득하여 과시하고 싶은 마음도 생긴다. 애니팡 게임에 나오는 동물들이 눈앞에 어른거린다. 나도 애니팡 게임에 중독된 게 틀림없다.

인간은 몰두하는 동물이라고 한다. 내가 150원의 할인 혜택과 애니팡에 몰두하는 것만 봐도 알 수 있다. 몰두는 성장을 이끈다. 몰두는 성장의 모태이기 때문이다.

살면서 무엇에 몰두할 것인지가 중요해지는 이유다. 이왕이면 몰두를 통해서 나오는 결과물이 생산적이면 좋겠다는 생각이 든다. 그러기 위해서는 사소한 것이나 중요하지 않은 것을 가려내고 걸러내는 지혜로운 선택이 요구된다.

김난도 교수는 《천 번을 흔들려야 어른이 된다》란 책에서 "세상에서 제일 재미있는 일은 성장하는 것이다"라고 말했다. 인생에서 어떤 성장을 누리며 재미를 보고 사는지를 묻는다면 어떻게 답을 할 것인가?

내 삶이 지금보다 나아지고 내가 누군가의 삶에 도움이 될 수 있는 성장이면 좋겠다. 무의미한 것에 몰두하고 몰입하는 일로 내 인생의 시간을 축내고 싶지 않다. 지금 나와 함께하는 시간은 내 인생에서 단 한 번뿐이다. 다시 만나고 싶어도 만날 수 없는 지금 이 시간을 아까워할 줄 알아야 한다.

일주일에 한 번씩 통행료 할인 시간을 맞추기 위해 속도를 높이는 어리석음 대신에 내 인생의 성장을 위해 궁리하는 시간으로 바꿔보려 한다. 애니팡 게임으로 시간을 죽인다는 것은 내 인생이 도둑맞을 수 있다는 얘기와 같다. 무엇에 중독되어 살 것인지를 고민하는 것만으로도 의미가 있다.

구피
관찰기

　요즘 반려동물을 가족으로 생각하는 펫팸족이 늘고 있다. 펫팸족은 반려동물을 뜻하는 '펫pet'과 가족을 의미하는 '패밀리family'의 합성어다. 펫팸족의 급증은 '나 홀로 가구'와 고령화 시대가 낳은 우리 시대의 자화상이다. 생존의 무게감이 주는 버거움과 경쟁 메커니즘의 부산물인 외로움을 반려동물에게서 위로와 위안을 받아 버텨내고 싶은 마음이 반영된 세태다. 반려동물을 보살피는 데 들어가는 시간과 비용은 물론 수고스러움까지도 기꺼이 감수한다. 부자면서 마음씨까지 훈훈한 주인을 만난 반려동물은 보통사람에게는 언감생심焉敢生心인 국빈급의 대우를 받는 호사를 누리며 산다.

　얼마 전 아내가 지인에게 구피라는 물고기를 분양받아 왔다. 북아메리카가 원산지인 구피는 송사리 정도의 크기로 기르기 쉬워 관상용으로 인기가 많다. 암컷과 수컷의 크기와 색깔이 다르고 꼬리와 등지느러미의 무늬가 다양한 구피들이 헤엄치는 모습이 꽤 아름답다.

아내는 구피가 노는 것을 구경하는 삼매경에 빠져 놀기도 한다. 아내는 구피에게 먹이를 꼬박꼬박 챙겨주고 일주일에 한 번 꼴로 물갈이를 해주는 보시報施를 베풀지만 어항으로 쓰기엔 부적합한 낮은 높이의 수반에서 사는 구피들은 가끔 온몸을 던져 거부한다.

물갈이를 해주고 나면 구피들의 반응은 제각각이다. 어떤 놈은 혼탁한 물이 깨끗해진 물로 바뀐 것을 감지하고 새로워진 환경을 만끽한다. 어떤 놈은 물의 미세한 온도 차가 싫은지 기분 나쁜 것을 못 참고 연신 펄쩍펄쩍 튀어오르며 시위하기 바쁘다.

어느 땐가 물갈이 직후 성질이 급한 구피 한 마리가 수반 밖으로 몸을 던져 마른 멸치 신세가 된 적이 있다. 그래서 물갈이를 하고 나면 한참 동안 구피의 동태를 살피느라 신경을 곤두세운다. 구피가 바짝 마른 멸치로 전락된 것을 보면서 육체의 마름은 생명의 끝임을 직감한다. 여윈다는 것은 죽음에 이르는 길인데 근래 다이어트 열풍을 보면 아이러니할 뿐이다.

구피를 통해서 세상을 들여다본다. 변화의 판세를 읽을 줄 아는 통찰력은 구피만이 아니라 사람 사는 세상에도 통한다. 변화의 판을 읽는 감이 떨어진다는 것은 죽음이고 소멸이다. 변화에 대한 적응과 순응은 생生과 성장이고, 부적응과 불응은 사死이고 퇴보이다. 일상의 안락함에 취해 매너리즘에 빠져 환경 변화에 둔감한 것도 볼썽사납지만 바뀐 상황을 제대로 인식하지 못하고 행하는 경솔한 성급함은 독毒이다. 구피가 물 갈아줬다고 열 받아 수반을 뛰쳐나오면 죽음이 따르듯, 사람도 욱하는 성질을 참지 못하면 인생에 치명적이다. 변화를 온몸으로 거부하며 깊이가 낮은 수반에서 뛰쳐나오는 어리석은 구피를 닮은 사람이 자주 눈에 띈다.

나는 구피가 마른 멸치 신세로 전락한 이후 살아남은 구피들의 동태를 살핀다. 마른 멸치가 된 구피를 애도하는 분위기나 연민 없이 활동적이다. 나의 슬픔이나 고통과 무관하게 돌아가는 세상 이치와 닮았다.

아내는 구피가 몇 차례 마른 멸치 신세로 전락한 후 탈출을 막아줄 랩을 씌워줬다. 성질 급한 놈은 랩을 연신 들이박다가 한참 지나면 적응이 됐는지 잠잠해진다. 아내는 더 이상 구피 탈출기를 보기 싫었던지 큰 어항을 구입했고 그 후 마른 멸치 신세가 되는 구피를 볼 수 없게 됐다.

찰스 다윈은 "세상에서 가장 오래 살아남는 종은 가장 강하거나 똑똑한 종이 아닌 환경변화에 가장 잘 적응하는 종"이라고 했다. 변화적응과 생존은 동격이다.

기대치의
충돌

삶은 욕망을 채워가는 시간의 합이다. 욕망의 성취와 좌절이 행복과 불행을 가르는 세상이다. 무한대의 욕망과 한정된 재화의 갭gap에서 세상사의 온갖 갈등은 잉태되고 인간의 고뇌는 시작된다. 사회변화의 예측 불가능성이 주는 위기감과 불안감이 생존 욕구를 자극하고, 축적하고 싶은 욕망과 상대방에 대한 기대치를 높인다. 욕망은 생존의 몸부림이고 기대치는 욕망이 낳은 감정의 부산물이다. 세상살이에서 부족함을 채우고 싶은 욕망이 기대치다. 욕망과 기대치는 끝이 보이지 않고 멈춤과 만족을 어렵게 하는 감정으로 채워져 있다는 점에서 닮았다. 욕망과 기대치의 관계는 욕망의 크기만큼 상대방에 대한 기대치가 높아진다는 비례등식이 성립한다.

기대치는 어떤 일이나 대상이 원하는 대로 되기를 바라는 마음이다. 상대방의 행동이 나의 기대치를 초과하면 호감, 감동, 긍정적인 평가로 이어진다. 상대방의 행동이 나의 기대치에 미치지 못하거나 반하면 반감, 실망, 부정적인 평가에 익숙해진다.

내가 상대방의 기대를 충족시켜주지 못하거나 상대방이 내 기대를 충족시켜주지 못할 때 기대치의 충돌이 발생한다. 기대치의 충돌은 심리학 용어인 '기대치 위반 효과'와 같은 맥락이다. 기대치 위반 효과는 상대방이 내가 가지고 있는 기대에 어긋나는 행동을 하면 그에 대한 평가가 일반적인 상황과 매우 다르게 이루어지는 현상을 의미한다. 기대치의 충돌과 기대치 위반 효과는 나와 상대방 욕망과의 충돌이 낳은 심리상태의 부조화 현상이다.

기대치의 충돌은 상대방에 대한 높은 기대치가 낳은 폐해다. 기대치가 높으면 상대방이 순수한 마음으로 정성을 다하고 물질적으로 최선을 다해도 성에 차지 않아 서운한 감정만 키우고 불만을 표출한다. 평소 잘하던 맏며느리가 어쩌다 기대치에 못 미치면 분노하고, 지지리도 못하던 둘째 며느리가 어쩌다 베푸는 한 번의 효도에 시어머니가 크게 감동을 받는다면 맏며느리 심정은 용광로 속이다. 언제나 푸짐한 선물 보따리와 두툼한 현금 봉투를 내밀던 장남이 생일 선물로 내복을 사오면 실망해 시큰둥하면서, 평소 사고만 치던 막내가 처음 사온 내복에 부모가 감동의 눈물을 흘리면 장남의 속은 숯덩이가 된다. 누구든지 현상의 본질을 제대로 파악하지 못하고 산다면 기대치 충돌 현상에 빠져 살기 마련이다.

기대치 충돌의 관계에서 인정해주고 인정받는 따뜻한 마음 주고받기와 고마운 마음 갖기는 어렵다. 또한 진정성 있는 마음은 실종되고 말로만 생색내기 바쁜 식구들과 직원들만 득실거리는 집안과 조직은 흥興보다 망亡에 가깝다. 망하는 집안과 조직의 필연은 상대방의 도움과 배려가 못마땅함과 서운함, 모욕으로 되돌아온다는 점이다. 성실하게 일하는 직원과 열심히 사는 자식이 홀대받고 인정받지 못하는 조직과 집안이 잘될 가능성은 희박하다.

기대치와 인간관계의 상관성은 밀접하다. 관계가 꼬이는 것은 상대방이 나에게 실망하거나 내가 상대방에게 실망을 느끼는 경우다. 기대치가 높으면 내가 상대방의 기대치를 충족시켜주지 못하는 것에 미안해하기보다는 상대방이 내 기대치를 충족시켜주지 못하는 것에 대한 원망에 사로잡히게 된다. 속내를 드러내지 않으면서 기대치를 충족시켜주지 못하는 상대방에게 불편한 심기만 표출한다면 관계는 악화되고 단절된다. 상대방에게 높은 기대감을 심어주는 것도 경계가 필요하겠지만 상대방에 대한 높은 기대치를 낮추는 마음먹기가 기대치의 충돌을 줄여준다.

닮고 싶은
어른이 되고 싶다

인생은 과거, 현재, 미래로 이어지는 선이 아니라 점이다. 지금, 현재로 채워지고 삶은 이런 점들의 연속이다. 지금 하는 일과 지금 함께 있는 사람이 삶의 점이 된다. 삶의 점을 좋은 것으로 채우기 위해 최선을 다하고 정성을 들인다.

삶의 여정에서 누군가를 닮고 싶다는 생각을 한두 번쯤은 하게 된다. 닮고 싶은 사람이 역사적인 인물일 수도 있고 길을 걷다 무심코 스쳐가는 사람일 수도 있다. 어떤 이가 남긴 업적과 성과를 닮고 싶기도 하고 인격과 품격이 배어나는 인상에 압도되어 닮고 싶다는 생각이 들 때도 있다. 닮고 싶은 사람에게는 인품의 향기가 나고 저절로 끌리는 힘을 느낀다.

어떤 사람을 닮고 싶다는 것은 내 경험에 타인의 경험을 보태고 싶다는 간절함이다. 닮고 싶은 마음에는 닮고 싶은 사람이 살아온 경험을 공유하고 싶다는 의미가 담겨 있다. 삶은 모든 것을 경험하며 사는 것을 허락하지 않기 때문에 사람은 누군가의 경험을 통한 배움을 갈망한다. 누군가가 겪은 일은 그것이 좋은 경험이든 나쁜 경험이든 힘이 되고 희망이 된다. 살아가며 일어날 수 있는 일의 가능성을 좀 더 잘 예측할 수 있는 것은 그동안 나와 타인이 겪어온 경험 덕분이다. 심리학자 아들러는 "인생은 경험에 의해 결정되는 것이 아니라, 경험에 부여한 의미에 따라 자신을 결정하는 것이다"라고 말한다. 나와 타인의 경험에 어떤 의미를 부여하며 사는지가 인생을 결정한다.

나도 누군가에게 닮고 싶은 사람으로 나이 들고 싶다는 생각이 요즘 들어 부쩍 든다. 비범한 어른보다는 평범한 진리를 실천하는 어른으로 누군가의 본本이 되고 싶다.

《마시멜로 이야기》의 저자 호아킴 데 포사다는 "평범한 진리를 실천하는 사람이 적기 때문에 자기 규율을 갖고 절제할 수 있는 사람들이 크게 성공하는 것"이라고 강조한다. 평범한 진리를 실천하는 사람이 적은 세상에서 평범한 진리를 실천하는 사람은 최고의 경쟁력을 갖춘 사람이다.

어른은 미래의 내 모습이다. 내 모습은 누군가의 미래 모습이다. 이왕이면 닮고 싶은 어른으로 나이 들고 싶다. 누군가에게 닮고 싶은 어른의 모습은 어떤지 떠올려본다. 나이 들면 어린아이가 된다는 말이 예사롭지가 않다. 나이 들수록 상황을 보는 안목과 판단력이 흐려진다는 의미가 담긴 말이다. 인격을 부지런히 연마하지 않으면 지혜로운 어른 되기는 쉽지 않다.

토끼의 맥은 귀이고 닭의 맥이 날개이듯, 현상마다 정곡을 찌르는 맥이 있다. 맥을 잡아가며 합리적인 의사결정을 하는 현명한 어른을 닮고 싶다. 상대방의 마음을 있는 그대로 수용하고 포용하는 어른을 보게 된다. 그분의 얼굴에서 분노와 화 같은 감정을 보기 어렵고 삐치는 감정조차 읽을 수 없다.

자신의 생각을 고집 피우거나 강요하지 않는 상식이 통하는 어른이 부럽다. 일희일비하지 않고 평상심을 갖고 중심을 잡아가며 사는 어른의 모습은 아름답다. 상대방을 가르치려고 말수를 늘어놓는 어른의 모습은 방정맞고 가볍다. 귀로 말하는 듣기와 입으로 듣고 반응하는 어른이 되길 꿈꾼다.

맹자의 "불위야 비불능야不爲也 非不能也, 즉 하지 않는 것이지 하지 못하는 것이 아니다" 라는 말에 기운이 난다. 나도 좋은 인품과 인상으로 누군가에게 닮고 싶은 어른이 될 수 있다는 희망에 힘을 얻는다.

마음
경영

　누구나 감정의 지배를 받고 산다. 삶의 중요한 선택에서 이성이 핵심 역할을 한다고 생각하지만 본질적인 주체는 감정이다. 감정이 한 사람의 가치관이나 인생관을 형성하는 씨앗이고 삶을 주도한다. 존 브래드쇼는 "감정은 우리의 기본 욕구들이 채워지도록 하고, 우리가 스스로 방어할 수 있도록 움직이게 하는 연료와도 같다. 나는 이 감정이라는 단어를 '움직임의 힘' 이라고 표현하고 싶다. 그만큼 이 힘은 근본적이기 때문이다"라고 말한다. 감정은 인간이 환경의 변화에 적응하고 생존할 수 있도록 돕기 위해 고안된 체계다.

　삶은 자신을 경영하는 과정이다. 자신의 경영은 마음경영으로 완성되고 마음경영의 핵심은 자기 이해다. 김녹두 정신과 전문의는 "삶을 잘 경영하기 위해서는 마음을 잘 경영해야 합니다. 그리고 마음을 잘 경영하기 위해서 꼭 필요한 것이 자기 자신에 대한 설명서를 가지는 것, 즉 자기 이해입니다. 자기 이해는 내가 살아오면서

택한 여러 가지 선택들의 동기를 알고 나의 생각과 행동의 숨은 이유를 아는 것입니다"라고 말한다. 소크라테스의 "너 자신을 알라"는 말과 자기 이해의 연관성을 짚어본다.

내 마음을 이끄는 감정을 등한시하며 살다 늦은 나이에 나를 지배하는 마음과 감정을 들여다보는 시간을 가졌다. 삶의 한가운데로 뚫고 들어가지 못하고, 내면의 고통과 직면하지도 못해 불편한 감정을 주는 사람이나 일로부터 회피하려고만 했다. 감정을 드러내는 일은 부끄러운 것으로 간주하고 감정이 남에게 들킬세라 감추기 바빴다. 살면서 감정을 다루는 방법을 제대로 교육받지 못했고 감정을 이해하려는 인식조차도 부족했다. 육체적인 건강의 중요성만 인식하고 마음의 건강에는 소홀히 하며 살았다.

삶과 감정은 불가분의 동반자적인 관계다. 김형경 작가는 "우리 삶의 중요하면서도 어처구니없는 비밀 한 가지는 우리 대부분이 세 살까지 형성된 인성을 중심으로, 여섯 살까지 배운 관계 맺기 방식을 토대로 하여 살아간다는 점이다"라고 말한다.

나이 먹은 어른이 삐치면 말 안 하고, 화나면 먹지 않고, 화나 분노를 극단적인 행동으로 표출하는 것은 미성숙한 어른아이의 전형적인 불건강한 감정들이다. 나와 내 삶을 이끌어가는 불건강한 감정에 나의 마음과 삶을 내맡기지 않고 지배를 덜 받도록 마음의 설계도를 수정하는 작업이 감정의 성장이다.

  감정의 성장은 감정이 몰아가는 대로 행동하는 것을 막아주고 자신이 인식한 감정에 합리적인 대책을 강구하여 성숙한 어른의 처신을 하도록 이끌어준다. 마음이 보내는 감정과 욕망의 신호를 잘 알아차려 자신과 타인에게 해롭지 않은 언행을 선택하도록 해준다. 성숙한 어른은 나이와 위치에 맞는 역할을 빈틈없이 수행하고 현실의 책임에서 달아나지 않고 수용한다. 삶에는 공짜가 없으며 인생의 성과물에는 대가와 비용이 수반됨을 안다. 성숙한 어른은 삶의 위기와 고통에 직면할 때 견디는 힘이 있고 이를 성장의 계기로 삼는다.

  마음이 성장하지 못하고 나이만 드는 것은 삶의 축복이 아니라 비극이다. 삶이 요구하는 만큼 마음이 성장하지 못할 때 세상살이에 치명적인 문제를 겪게 된다. 불안, 화, 분노 같은 감정들을 어떻게 다스리고 반응하는지를 눈여겨보면 한 사람의 인격을 가늠할 수 있다. 마음경영을 잘 못 하면 자신과 누군가에게 평생 껴안고 가야 되는 깊은 상처와 고통을 남긴다. 마음경영은 삶을 제대로 살아내기 위해서 실천해야 할 덕목이다.

무례함

관계를 이어주는 끈은 예의다. 나라와 관습에 따라 표현 방식은 다르지만 상대방을 존중하는 나름의 격식이 있다. 예의는 사람과의 관계 속에서 존경을 표하기 위해 마땅히 가져야 할 행동이다.

무례함은 권력을 쥐고 있는 '갑'과 상대적 약자인 '을'의 관계이거나, 서로 꽤 친해져 체면을 차리거나 조심할 것이 없어져 허물없는 관계가 되거나, 유아론적 사고로 안하무인인 사람에게서 나타난다.

얼마 전 상대방의 느닷없는 무례함에 씁쓸해진 적이 있다. 무례함이 자신의 특권인 양 함부로 휘두르는 거친 언행에 황당함과 수치심, 분노가 일며 속수무책으로 당했다.

무례한 사람은 상대방에 대한 존중이나 배려 없이 폭력적인 방식으로 말과 행동을 표출한다. 행동과 말은 보고 듣는 순간 형상화되고 각인된다. 무례함은 관계를 황폐화시켜 마음의 거리를 멀게 하고 이미지를 추락시키는 평판으로 작용한다. 무례함으로 불편해진 관계는 손톱 밑의 가시만큼 신경 쓰이고 고통스럽다.

취업포털 사이트인 사람인이 직장인을 대상으로 실시한 설문조사 결과를 보면, 76.8퍼센트가 "직장 내에서 무례한 행동을 경험한 적이 있다"고 응답했다. 회의를 소집한 뒤 이유도 없이 30분 늦게 나타나는 부장, 반말하는 팀장, 팀원들을 투명인간 취급하며 큰소리로 통화하는 차장, 외모를 지적하는 과장, 힘든 일을 몇 글자 이메일로 부탁하거나 내 물건을 자신의 물건인 양 쓰는 동료, 상사의 단합회식 제의에 번번이 불참하거나, 상사의 업무 지시가 불합리하다고 말대꾸하는 부하직원의 행동 등이다. 직장인 중 40퍼센트 이상이 매일같이 무례한 행동으로 고통받고 있는 것으로 나타났다.

LG경제연구원은〈직장 내 무례함Workplace Incivility, 구성원의 민감도 높아졌다〉라는 보고서에서 무례함을 유발하는 원인으로 타인에 대한 배려보다는 자신의 생존을 우선시하는 경향이 커진 점과 조직 내 다양한 세대가 공존하면서 가치관의 차이와 이해 부족 현상을 꼽았다. 경영학자 피어슨과 포라스가 직장인을 대상으로 실시한 조사를 보면, 무례함을 경험한 직장인의 상당수는 무례한 사건이나 앞으로의 일을 걱정하며 업무시간 낭비, 조직에 대한 애착과 몰입의 감소, 업무 성과 하락, 무례함의 충격으로 업무 집중도

저하 등을 경험하는 것으로 나타났고, 이러한 무례함의 부정적 영향은 과거에 비해 더 커졌다고 밝혔다.

유인경 기자는 《내일도 출근하는 딸에게》라는 책에서 이렇게 말한다.

"누군가 너를 인정하지 않는다고 해서 네 자신에 대한 신뢰가 흔들려서는 안 된다. 네가 너 자신을 믿어야 너를 깎아내리고 짓뭉개려는 말로부터 자신을 지킬 수 있다. 어찌 보면 우리가 우리의 재능과 열정의 대가라고 믿는 봉급 역시 70퍼센트는 우리가 이를 악물고 견뎌낸 모멸감과 무례함을 당한 보상일지도 모르고 이것이 삶이고 인생일 수도 있다."

원만한 인간관계와 일하기 좋은 직장의 핵심 키워드는 상호존중과 배려다. 존중과 배려는 고운 언행에서 싹튼다. 이해인 수녀는 이렇게 말했다.

"음식점에 가서 차림표를 보고 뭘 먹을까 고민하는 것처럼 매일 누군가와 말을 할 때도 메뉴가 있어야 한다고 생각합니다. 기쁨을 경험한 사람에게는 기쁨의 덕담을 해주고 슬픔에 잠긴 사람에게는 슬픔에 어울리는 위로의 말을 해줘야 합니다. 내 마음의 수첩에 고운 말 언어의 차림표를 만들어 연습해보면 어떨까요. 날마다 새롭게 결심하고 새롭게 사랑하고 새롭게 마음을 선택하고 새롭게 고운 말을 연습하는 것은 우리의 의무이고 책임입니다."

받아들임에
반하다

　내가 근무하는 사무실 앞 화단에 민들레꽃 한 송이가 피었다. 민들레 홀씨가 어떤 사연으로 양지바른 이곳에 터를 잡게 됐는지 모르지만 노란 꽃망울을 터트려 내 눈과 마음을 유혹한다. 그저 바라만 봐도 기분이 좋아진다.

　민들레꽃을 넋 놓고 감상하다 '받아들인다는 것'의 의미를 생각한다. 내 눈에 들어온 민들레꽃은 햇살과 공기, 비와 눈 등 사계절의 변화무쌍한 자연현상을 온전히 받아들이고 견뎌낸 민들레의 수고스러움이 만들어 낸 예술품이다.

　자연은 사계절의 변화를 받아들이는 생명체는 따뜻하게 품지만 받아들이지 못하는 생명체에겐 냉정하고 냉혹하다. 자연에서 받아들임은 생명이고 성장이지만, 받아들이지 못함은 죽음이고 소멸이다. 식물이 햇볕과 물을 받아들이지 않는 것은 사람이 곡기를 끊는 것과 같다. 민들레는 자연의 섭리를 받아들여 잎과 꽃을 피워 홀씨로 종을 유지한다. 자연은 받아들임의 보고寶庫이고 공연장이다.

숲을 찾는 사람의 눈을 홀리고 생각과 느낌을 자극하는 것은 자연의 섭리에서 비롯된다. 사람들은 자연의 섭리를 받아들이고 순응하며 살아가는 숲속 개체들의 모습에서 삶의 지향점을 만나기 위해 산과 들을 찾는다. 숲에도 생존을 위한 치열한 몸부림이 있을 것이다. 그러나 숲속의 개체들은 받아들임의 달인들이다.

자연은 순응과 겸손의 모태다. 자연의 섭리를 받아들이며 사는 숲속 개체들의 모습을 보며 삶의 순리를 따르지 않고 예외성을 인정받고 싶은 이기적인 내 마음이 보인다. 그래서 숲을 만나면 많은 지력이나 상상력을 동원하지 않고도 욕심을 내려놓게 되고 마음이 편안해진다. 초록이 주는 마음의 평안함이 스트레스까지 해소시켜준다. 자연에는 사람의 마음을 치유하는 힘이 있다. 자연은 사람의 내면을 정화시켜주는 마음청정기다.

민들레꽃이 나의 시각과 느낌을 자극한다. 시각적인 감각은 단지 보는 것에 그치지 않고 입맛이나 냄새, 듣는 것 등 느낌의 70~80퍼센트를 좌우한다고 한다. 사회심리학자 플로이드 올포트는 '단순히 다른 사람의 존재로 인해 나의 수행이 향상되는 현상'을 '사회적 촉진'이라고 정립했다. 올포트의 표현을 빌려 나는 '단순히 자연의 존재로 인해 나의 수행이 향상되는 현상'을 '자연적 촉진'이라 말하고 싶다. 민들레꽃을 보며 잠시나마 깊고 넓은 생각을 하게 됐으니 나는 민들레꽃 덕분에 자연적 촉진이 된 셈이다.

살면서 누군가는 사람에 반하고, 누군가는 그림과 음악에 반하고, 누군가는 책과 자연에 반한다. 나는 잠시나마 민들레꽃에 반했다. 내가 민들레꽃에 반했다는 것은 민들레꽃을 받아들였다는 의미다.

김용택 시인은 "받아들이며 살기를 권하고 받아들이며 살기 위해서는 공부가 필요하다"고 말한다. 무엇인가를 받아들이기 위해서는 상대방에 대한 배려와 긍정이 필요하다. 받아들임에는 이기심에서 비롯되는 갈등보다는 균형감각을 통한 조화가 자리한다.

민들레꽃과 숲속의 개체들이 펼치는 받아들임의 가치가 삶과 사회현상에도 접목되면 어떨까. 작가 김선현은 "진심어린 조언이나 가족의 잔소리, 스스로의 다짐보다도, 남들이 열심히 하고 있는 압도적인 풍경 그 자체가 의욕의 원천이 될 수 있다"라고 한다.

민들레꽃이 자리한 옆 숲속에서 받아들임의 가치를 담고 사는 나무와 들풀들을 보며 삶의 에너지를 얻는 봄이다. 엄동설한을 견뎌내고 받아들인 민들레꽃 한 송이에서 삶을 추동하는 의욕을 얻는다.

보다

삶은 보는 것祝이다. 일상은 무언가를 보고, 느끼고, 생각하고, 행동하는 시간으로 채워진다. 배철현 교수는 "본다는 것은 자신의 과거 습관과 편견대로, 또는 자신의 기준으로 상대를 보는 행위다. 내 눈앞에 나타나는 것에 대한 즉각적이고 수동적인 시각적 반응으로 누구도 피할 수 없는 것이다"라고 말한다.

사람은 겉으로 나타나는 현상만을 보고 사는 것에 익숙하다. 보고 싶은 것만 보도록 뇌와 눈을 훈련한 탓에 보고 싶지 않은 것에는 무관심하다. 내 관심과 상관없이 눈에 들어오는 물건과 사람은 기억에 남지 않는다. 관심을 갖는 만큼만 보이고 기억되는 것이다. 그런데 보이지 않으면 관심조차도 없어진다.

우리 부부는 어느 집에나 있는 운동기구 하나 없이 27년을 살았다. 그러다 얼마 전 점점 늘어나는 뱃살이 겁이 나 승마 운동기구를 구입했다. 물건이 공간의 주인이 되면 곤란하다는 아내의 소신을 무색하게 할 만큼 승마 운동기구가 거실에서 차지하는 부피는 컸다. 승마 운동기구가 거실의 주인공인 양 당당하게 자리를 차지하다 보니 늘 눈에 띄었고, 눈에 띄는 만큼 우리 부부가 애용하는 빈도도 높았다.

거실 가운데 떡 버티고 있는 운동기구가 영 거슬렸던 아내는 눈에 띄지 않아도 열심히 운동할 거라는 각오와 함께 승마 기구를 서재 방으로 옮겨버렸다. 눈에서 멀어지면 마음에서도 멀어진다는 말처럼, 눈에 보이지 않는 승마 기구는 시간이 갈수록 잊힌 존재가 되었다. 운동기구로 쓰이지 않는 승마 기구는 먼지만 뒤집어쓴 채 애마에서 애물단지로 전락했다.

본다는 것은 사람에게 연連이고 관關이며 통通이고 도道이다. 상대방과 마음을 이어주고, 관계를 맺어주고, 생각을 주고받고, 왕래하는 길이다. 시선은 관심의 끈이고, 관심은 마음의 끈이다. 시선을 거두면 마음이 멀어지고 관계가 서먹서먹해지고 단절을 초래한다.

저마다 가슴에 품고 있는 꿈도 그렇다. 관심 갖고 들여다볼 때 비로소 추진력을 갖는다. 가슴이 뛰기 시작하고 꿈을 이루고자 하는 힘을 얻는다. 꿈을 드러내어 가시화할 때 실현 가능성은 높아진다. 드러난 꿈은 동기부여가 되고 원동력이 되기 때문이다. 보이지 않는 존재는 결국 잊히듯, 들여다보지 않는 꿈은 지워지고 공상空想

이 된다.

김미경 작가는 "꿈을 외면하면서 사는 것이 '찜찜한 불편'이라면, 꿈을 직면하는 것은 독한 노동을 해야 하는 '현실적인 불편'이다. 곁에서 보면 꿈은 참으로 평화로운 단어 같지만 막상 안으로 들어가면 너무나 역동적이고 뜨거운 단어다. 용광로처럼 사람을 순식간에 달궈버리는 것이다"라고 말한다.

사람이나 물건이나 눈에 보이는 곳에 가까이 두고 살 때 쓰임이 커지고 정이 간다. 눈길 닿지 않는 곳에 보관되기만 하는 물건은 급기야 버려지듯 오랫동안 만나지 않는 사람과의 마음은 멀어지고 단절된다. 아무리 좋은 물건도 눈에 보이지 않으면 무용지물이 되고, 아무리 좋은 사람도 가까이하지 않으면 화중지병畵中之餠일 뿐이다. 아는 만큼 보이기도 하지만 보는 만큼 알기도 한다.

가장 소중한 시간은 지금 나에게 주어진 시간이고, 가장 귀한 사람은 내 앞에 있는 사람이고, 가장 소중한 일은 내 앞에 놓인 일이라는 말이 무게감 있게 다가온다. 지금 내 앞에 보이는 것이 무엇이고, 내 앞에 있는 사람이 누구인지 눈여겨 본다.

봄날
예찬

집 근처에 있는 구룡산에 산책을 다녀왔다. 봄은 나무에 물이 오르는 철이다. 어느새 매화나무 가지에 연녹색 물이 올라와 있다. 진달래 가지 끝마다 수줍은 새색시 볼에 물든 홍조처럼 연분홍의 꽃망울이 살포시 앉아 있다. 싸리나무 끝자락에도 연녹색 순이 앙증맞게 돋아나 있다. 산책하는 내내 여기저기에서 움트는 새순의 모습이 오케스트라의 향연을 보는 듯 황홀하다.

봄철이 되면 새순이 나온다. 때가 되면 어김없이 일어나는 자연의 섭리가 오묘하다. 그래서 김용옥 교수가 "자연은 비정非情이다. 자연에 있어서는 생존이 우선이다. 자연이라는 바이블에서 배우는 것이 가장 큰 깨달음을 준다"라고 말했는지 모른다.

'철'의 사전적 의미는 사계절의 한 시기와 사람의 분별력을 뜻한다. 자연의 사계절과 사람의 나이에는 상관관계가 있다. 봄은 인생의 유년기와 청년기로 10대와 20대를 상징한다. 봄에는 싹을 틔우고 쑥쑥 자라듯 20대까지는 인생에 필요한 기본기를 익히고 자신을 성장시키는 시기다. 여름은 인생의 장년기로 30대와 40대에 해당한다. 여름에는 식물이 무성해지듯 40대는 왕성하게 활동하는 시기다. 가을은 인생의 중년기로 50대와 60대를 닮았다. 가을은 자연이나 사람에게나 수확의 계절이다. 겨울은 인생의 노년기로 나무가 낙엽을 떨어뜨려 겨울을 준비하듯 노후에는 절제하고 정리하는 관리가 중요 키워드로 작용한다. 노년기에 섣부른 투자를 했다가 실패하면 노후가 힘들어지기 때문이다.

자연은 철을 거스르지 않으며 때를 놓치거나 서두르는 법이 없다. 식물은 누군가 일부러 가르쳐주지 않아도 때가 되면 어김없이 싹을 틔우고 꽃을 피우며 낙엽을 떨궈 겨울을 준비할 줄 안다.

그런데 사람은 나이마다 해야 할 일이 무엇인지를 배우고 고민하지 않으면 철모르는 사람이 된다. 나이 50세에 10대나 20대의 처세로 살면 철없다는 소리를 듣게 된다.

지난 초겨울 등산길에 어린 뱀 한 마리를 만났다. 질겁하는 아내와 달리 장모님은 "저 철부지를 어쩌누? 어미가 겨울잠을 자러 들어갈 때라고 했을 텐데 철모르고 저리 나와 있으니 이제 얼어 죽기밖에 더 하겠누?" 하시며 혀를 끌끌 찼다.

사계절의 순환이 반복되면서 나무는 나이테를 그리고 사람은 나이를 먹는다. 나무가 어떤 환경에서 컸는지는 나이테를 보면 알 수 있고, 사람이 어떻게 살아왔는지는 그 사람이 보여주는 나잇값의 무게로 가늠할 수 있다.

작가 이외수는 "인간이 전하는 진리는 시대가 변하면 따라서 변하지만, 자연이 전하는 진리는 시대가 변해도 절대로 변하지 않는다"라고 말했다. 철과 때를 맞춰 꽃이 피고 열매 맺은 후 소멸하는 자연의 섭리가 내 삶에도 자연스럽게 나타나길 갈망한다.

봄은 삶을 추동하는 힘이고 희망이다. 봄날의 따뜻한 햇살과 대지를 깨우는 산들바람은 생명의 파수꾼이다. 봄의 교향곡이 울려 퍼질 때 새순이 움트는 것은 힘차게 새 출발하는 새 삶의 신호탄이다. 봄의 전령 연초록 새순은 맑고 청아하고 순수함의 대명사다. 그래서 화가들은 새순에 나타난 연두색을 화폭에 표현하기 가장 어려운 색이라고 말한다.

봄이 되면 겨우내 굳어 있던 땅을 새롭게 일구고 씨앗을 뿌리는 농부처럼, 그동안 굳어 있던 내 삶의 시간을 깨워 각오를 새롭게 다짐하는 봄이 있어 참 좋다.

부자가
되고 싶은가

사람은 누구나 부자 되기를 꿈꾼다. 부자를 꿈꾸는 것은 돈이 없는 사람이나 돈이 많은 사람이나 모두 똑같다. 돈은 무조건 많으면 좋다는 심리와 무한대의 욕망이 작용하기 때문이다.

돈의 가치와 위력을 경험해본 사람일수록 부자가 되고 싶은 열망은 커진다. 돈의 맛이 재테크에 대한 관심을 높인다. 재테크 이야기를 하다 보면 신세를 한탄하는 사람들을 자주 보게 된다. 부모 잘못 만나 고생을 하며 산다는 것이다. 돈에 쪼들리는 이유를 내 탓이 아니라 부모 탓으로 돌린다.

최근 미국의 투자전문지 〈머니〉가 미국 전체 가구의 7퍼센트를 차지하는 백만장자를 대상으로 조사를 했다. 100만 달러를 모을 수 있었던 원인을 묻는 질문에 '근면', '현명한 투자', '절약', '위험 감수', '운' 순으로 대답했고 부모덕이라는 대답은 거의 없었다. 우리

나라라고 예외는 아니다. 부자가 되고 싶다면 자신의 삶을 되돌아보는 것이 먼저다.

부자가 되는 비결은 삶을 리모델링하는 데 있다. 저축보다 지출이 많다는 것은 밑 빠진 독에 물 붓는 격이다. 저축하고 싶은 마음만으로는 돈이 남지 않는다. 부자로 살 기회가 자꾸 멀어진다. 부자가 되는 길은 밑 빠진 독을 때워 지출보다 저축을 늘리는 데 있다. 돈을 버는 것 못지않게 돈이 어떻게 쓰이는지를 아는 것이 중요하다. 낭비 지출을 구조조정하지 않으면 많이 벌어도 소용이 없다.

작가 홍사황은 돈을 버는 것을 집전集錢, 돈을 제대로 쓰는 것을 용전用錢, 돈을 지키는 것을 수전守錢이라고 말한다. 집전의 원칙은 목표기간을 정하여 끈질기게 저축하는 것이다. 용전의 원칙은 검소한 소비생활이다. 수전의 원칙은 위험한 행위를 피하는 것이다. 돈은 집전보다 용전이 어렵고 가장 어려운 것이 수전이다. 돈을 지키지 못하면 많이 벌고 열심히 저축을 해도 부자가 될 수 없다.

부자로 살고 싶다면 어떻게 해야 돈을 지킬 수 있는지 고민해야 한다. 우리는 시장에서 장사하는 할머니가 10억을 모아 대학에 장학금을 기부했다는 미담을 듣고 산다. 일류대학의 교수가 주식으로 쪽박을 차게 되었다는 이야기도 듣는다. 돈을 벌기 위해 경제지식과 높은 투자 수익률이 전부가 아님을 알게 된다.

재테크에서 지나치게 높은 수익률만을 고집하는 투자는 금물이다. 평생 벌어 놓은 재산을 까먹을 수 있는 투자는 위험하다. 나이 든 사람의 자산관리 원칙은 투자가 아니라 절세와 안전이다.

누구나 부자를 꿈꾸지만 아무나 부자가 되지는 않는다. 부자 되기는 돈을 대하는 태도에서 결정된다. 쓰는 데서 돈의 맛을 찾고 있다면 부자가 되기는 어렵다. 부자가 되는 것은 돈이 늘어나는 맛을 느낄 때 가능하다. 부자 대열에 가장 빠르게 합류할 수 있는 지름길은 돈이 늘어나는 맛을 경험해보는 일이다.

일상이 돈 쓰는 맛으로 채워져 있다면 돈 늘리는 맛으로 바꾸는 것이 부자가 될 수 있는 가장 빠르고 쉬운 길이다. 돈 늘리는 맛을 느끼게 해주는 적금 통장으로 부자들이 누리는 행복을 누려보는 것도 즐거운 일이다.

어떤 돈을
좋아하시나요

자본주의 사회에서 돈의 위력은 대단하다. 돈이 권력의 한 축으로 자리 잡고 있다. 돈으로 모든 것을 해결하려는 심리가 팽배해 있다. 돈이 없으면 "집에 가서 빈대떡이나 부쳐먹지"라는 유행가 가사조차도 삶에 옮기며 살기가 버거운 세상이다. 어느 때부터인지 "부자 되세요"라는 인사말이 당당하게 자리를 잡고 있다.

버락 오바마 대통령은 "돈이 정답은 아니지만, 차이를 만든다"라고 말했다. 돈이 삶의 전부는 아니지만 삶의 수준을 결정하는 요인으로 작용한다는 뜻이다. 이런 이유로 '세계 인구의 상위 10퍼센트 부자들이 세계 부의 85퍼센트를 소유하고, 세계 상위 20퍼센트 부자들이 전 세계 재산의 절반을 소유하고 있다'라는 기사를 보게 되면 우울해진다. 누구는 태어날 때부터 부모 잘 만나 주식, 부동산 물고 나와 아기 재벌 되었다는 이야기를 듣게 되면 힘이 빠지고 우울해진다. 이런 사회 현상이 몇 해 전 직장인들에게 10억 만들기 열풍에 동참하도록 만들었다. 우리는 '억' 이라는 단어를 쉽게 들으며 살고 있다. 그러나 재테크에서의 '억' 의 수치는 크고 멀다. 직장인이 10억 원을 모으려면 적금에 매월 100만 원씩 꼬박 80년 정도를 넣어야 가능하다. 아이들 교육비 등 먹고사는 문제를 감안할 때 만만치 않다. 직장인들에게 '10억 환상' 을 빨리 깨라고 하면 너무나 잔인한 말이 될까.

그렇다면 직장인들은 부자 대열에 동참하는 것을 포기하고 살아야 되는 걸까. 우리는 부자들이 상속이나 부동산 가격 상승으로 재산을 축적해 돈방석에 앉았다는 선입관을 갖고 있다.

최근 대한민국 상위 10퍼센트 부자들은 급여나 사업소득을 축적하여 금융자산을 모았다는 조사 결과가 나와 눈길을 끌고 있다. 직장인들이 재테크에 희망을 걸어도 될 만한 희소식이다.

우주에 존재하는 모든 것에는 이름이 있듯이 돈에도 이름이 붙는다. 공돈, 푼돈, 거스름돈, 용돈, 목돈, 종자돈 등 돈의 종류도 많다. 돈 앞에 어떤 이름이 붙느냐에 따라 돈의 가치와 쓰임이 달라진다. 평소에 어떤 돈을 좋아하는가에 따라 부자가 될 수 있는지 여부가 결정된다. 부자의 대열에 끼고 싶다면 공돈과 푼돈을 잘 관리하는 지혜가 필요하다.

사회심리학자 토머스 길로비치는 "공돈을 은행에다 2주일만 저축해 놓아라"라고 강조한다. 공돈을 종자돈이나 목돈으로 만들 수 있는 방법을 제시하고 있다. 돈에 붙은 이름이 돈의 쓰임새를 결정해 준다는 교훈이다.

푼돈은 쉽게 소비될 운명에 처한 돈이고, 공돈은 막 쓰게 되어 아끼는 것과는 먼 돈이다. 종자돈은 생활에 어떤 어려움이나 힘듦이 있어도 쓰지 않는 돈이다. 종자돈은 생활의 쓰임새를 줄여 부자의 싹을 틔워주는 종자 씨인 것이다.

우리가 살면서 "은 나와라 뚝딱, 금 나와라 뚝딱" 하면 금이나 은이 나오는 요술 방망이를 만날 가능성은 없다. 저축만이 종자돈을 만들어 줄 수 있고, 종자돈이 있어야 부자가 될 수 있다.

종자돈을 만드는 비결은 눈사람을 만드는 것과 같다. 눈사람을 만들 때 고사리손으로 주변의 눈을 모았던 기억이 날 것이다. 그런 후에 눈을 손으로 이리저리 눌러가며 단단하게 만들었다. 왜 단단하게 만들었을까. 눈을 굴리다가 돌멩이가 걸리면 두 쪽으로 깨지는 것을 예방하기 위한 조치였다. 처음에는 눈덩이가 쉽게 커지지 않지만 굴리다 보면 어느새 놀랄 만큼 빠르게 눈덩이가 커지는 것을 경험했을 것이다.

종자돈은 어떤 일이 있어도 깨서는 안 된다. 종자돈은 목돈을 만들어주기도 하지만 돈을 아껴 쓰는 습관도 심어준다. 종자돈을 만들기 위해서 소득의 10퍼센트를 저축했다면 매달 10퍼센트의 수익을 보장하는 금융상품에 가입한 것과 같은 효과가 있다.

종자돈은 우리를 부자로 이끌어주는 씨앗이다.

새해는
부채다

어김없이 한 해가 시작됐다. 과거로의 회귀는 생각뿐이다. 새해 맞이는 누구나 피해갈 수 없는 숙명이다. 새해는 만물의 생명체에 주어지는 선물이고 살아 있는 자가 누리는 특권이다. 새해에 주고받는 덕담은 한 해를 버티고 이끄는 힘이 된다.

새해는 한 해 인생 농사의 시작이고 인생이란 대장정의 한 여정이다. 내 마음속으로 통제되는 시간은 매일매일이 새해다. 새해가 주는 희망과 자신감은 일상을 내딛는 디딤돌이고 추동력이다. 새해가 되면 너나없이 작년보다 더 나아지기를 꿈꾸며 자신을 성공 대열로 다그치고 내몬다. 새해의 맛은 기대와 다짐으로 우려진다.

삼라만상은 음양으로 존재하고 세상의 이치는 정반합正反合의 논리가 통하는 구조다. 새해를 시작하는 마음에도 기대감과 불안감이 떡시루에 떡고물이 켜켜이 쌓이듯 자리 잡는다. 삶 속에 파고드는 불안감을 기대감으로 바꾸고 싶은 중압감에 떠밀려 올해도 해

맞이 명소에는 인파로 북적였다. 새해의 기대와 실행의 시간은 비례한다. 새해의 희망과 기대는 실행력을 담보로 하는 삶의 부채로 고스란히 남는다. 내 삶의 채권자와 채무자는 누구도 아닌 바로 나다. 빚을 갚지 않으면 신용불량자로 전락하듯이 실행이 수반되지 않는 희망과 기대는 나를 인생불량자로 전락시킨다. 신용불량자와 인생불량자가 되지 않기 위한 유일한 해법은 빚을 청산하고 새해 농사를 제대로 짓는 데 있다.

인생이란 자루에 1년 동안 무엇으로 채울 것인지를 궁리하는 시간이 새해다. 삶은 인생의 자루를 채워가는 시간으로 완성된다. 미국 속담에 '빈 자루는 똑바로 서지 못한다' 라고 했다. 인생의 자루가 텅 비면 바람 한 번만 불어도 흩날리는 솜털처럼 삶이 요동친다. 인생의 자루가 꽉 차면 삶의 근육이 바윗덩어리처럼 단단해 웬만한 역경에도 거뜬하게 버틴다. 인생의 자루에 무엇으로 채워져 있는지가 한 사람의 인격이고 품격이다. 올해 내 인생의 빈 자루에 채우고 싶은 화두는 '경계선' 이고, 꺼내 버리고 싶은 찌꺼기는 '고집'이다.

인생은 경계선을 찾고 알아가는 득도의 시간으로 채워진다. 세상살이의 경계선은 '경우' 와 '때' 를 아는 것이다. 살면서 나설 때와 물러설 때, 말할 때와 침묵할 때, 칭찬할 때와 비난할 때, 줄 때와

받을 때, 시작할 때와 마무리할 때, 진짜와 가짜를 명확히 인식하고 구별하여 실행에 옮기는 일상이 인생을 가른다. 일상의 현상을 제대로 읽지 못하고 살면 타인의 감정을 힘들게 몰아부치고 상처만 남긴다. 일상의 경계선이 불분명하면 몰염치한 사람 되는 것은 시간문제다. 부끄러움을 모르는 사람의 삶이 세상의 격을 떨어트리고 주변 사람을 힘들게 한다.

고집은 자기 의견을 바꾸거나 고치지 않고 우기는 심성이다. 자신이 옳다는 마음이 강해 자기 생각이 잘못됐어도 고집스럽게 우겨대며 절대로 바꾸지 않는 사람을 보면 무섭다. 살면서 '황소고집' 이나 '고집덩어리' 란 말을 듣는다면 자신의 내면을 들여다보는 시간을 가져야 한다. '소신 있는 사람' 과 '고집스러운 사람' 은 분명코 다르다. 주변에 소신은 있지만 고집스럽지 않은 사람도 있다. 소통과 협력의 가치가 높아지는 시대와 사회에서 고집스러운 사람의 몸값은 떨어지고 입지는 좁다.

올 한 해 내 인생의 바구니를 채우고 바구니에서 버려야 할 부채인 '경계선' 과 '고집' 을 청산하기 위해 새해의 기운을 받아 뚜벅뚜벅 발길을 옮긴다.

서러움

삶은 본능과 이성의 충돌이다. 내 안의 본능과 이성이 충돌할 때 감정이 혼란스럽고 일상이 버겁다. 내 본능과 이성이 상대방과 충돌할 때 갈등이 생기고 관계가 불편하다.

서은국 교수는 "삶은 갈등의 연속이다. 이 갈등은 인간의 양면적 모습 사이의 끝없는 줄다리기다. 무의식적이고 동물적인 우리의 '본능'이 의식적이고 합리적이고자 하는 문명인의 '이성'과 하루에도 몇 번씩, 평생 충돌한다"라고 말한다. 본능과 이성이 충돌할 때 선택이 잘못되면 나와 타인의 감정과 인생에 서러움과 한恨을 남긴다.

내 처지나 일의 형편이 원통하고 슬플 때 꿈틀대는 감정이 서러움과 한이다. 살다 보면 분하고 억울해서 슬픔이 북받쳐 오르는 서러움을 경험하게 되는데 누구에게나 피해갈 수 없는 숙명이다.

서러움과 한은 '어떤 일이 내 의도대로 되지 않을 때, 생존의 경쟁력으로 작용하는 권력·경제력·체력이 떨어졌는데 억울한 일을 당하게 될 때, 가까운 사람의 인정과 배려를 받지 못하고 미움과 원망만 받게 될 때, 부모가 자식에게 부모 대접 못 받고 중년의 자식이 부모에게 어른 대접 받지 못할 때, 뜻하지 않은 사기와 손해를 당할 때, 진정성 있는 행동과 처신이 오해받았을 때' 비애에 젖는 감정이다. 서러움은 감정에 난 상처가 응어리져 만들어진 울화다.

삶을 이끌어가는 것은 감정이다. 사람은 좋은 감정보다 서운하고 슬펐던 감정을 오래 기억한다. 서운했던 감정과 상처받은 일들을 내려놓지 못하고 움켜쥐게 되면 서러움이 된다.

얼마 전 나는 병환이 깊어 입원하신 어른의 서러움과 마주했다. 병문안 오는 가족과 지인들을 마주할 때마다 복받치는 감정을 토해내며 눈물을 쏟아내셨다. 팔십 평생을 사시면서 마음에 맺힌 서러움이 무엇인지 직접 여쭙지 못하고 속만 끓였다.

서러움은 해결되지 못한 서운함이 쌓여 생긴 분함과 자기 연민에서 오는 슬픔이다. 서운함은 상대방에 대한 기대치와 비례한다. 상대방에 대한 기대치가 클수록 서운한 감정이 생길 가능성이 높다. 서운함은 베풀고 주는 마음보다 받고 싶은 욕심이 앞설 때 스멀스멀 올라오는 감정이다. 상대방이 기대만큼 주지 않을 때 생기는 섭섭한 감정의 찌꺼기다. 서운한 마음이 커지면 누군가 버거울 만큼

퍼주어도 불만과 미움만 키운다. 미움과 분노를 잉태하는 서러움은 상대방에게 해를 입히고 자신을 파괴한다.

세상을 보는 입장과 관점이 자기중심에 초점이 맞춰지면 서운한 감정에 빠지기 쉽다. 서운한 감정은 이타적인 마음보다 이기적인 마음에 가까워 누군가를 지지하고 칭찬하는 데 인색하게 만든다. 주변 사람의 입장과 아픔을 헤아려주고 보듬어주는 따뜻한 마음씨와는 거리가 멀다.

서운한 감정은 미혹의 산물이다. 정만 스님은 "생각은 그 일어남과 동시에 미혹이 생기기 마련이다. 미혹이 인간을 혼미하게 만들고 혼미한 마음이 잘못된 행위를 가져오게 된다" 라고 말했다. 서운한 감정으로는 세상 물정이나 형편을 사리분별에 맞게 처신하며 살기 어렵다. 서운함과 원망으로 얼룩진 사람의 인생에서 본本이 되는 어른의 모습을 기대하기는 힘들다.

나와 타인의 인생을 서럽지 않게 만들어주는 인생 투자 전략은 예금통장 잔고 못지않게 타인에 대한 이해와 배려로 사랑을 베푸는 '마음통장' 잔고를 늘리는 데 있다. 무언가를 줄 수 있을 때 맘껏 주며 사는 삶이 나와 타인에게 힘이 되고 위로가 된다. 마음경영이 인생의 성공과 행복을 키우는 자양분이다.

손해 보며
살기

최근 중앙공무원교육원에서 정부 조직의 고급관료로 활동하게 될 예비 사무관 515명을 대상으로 의식조사를 실시했다. '한국 사회에서 가장 큰 힘은 무엇인가?' 라는 질문에 '돈' 이라고 응답한 비율이 82.9퍼센트로 나타났다.

인생의 곳간에 채워야 할 가치들이 많다고 배웠지만 역시 돈의 위력은 대단하다. 어떤 방법으로든 재력을 많이 채워 돈에서 오는 힘을 누리며 살고 싶어하는 세상이다. 이런 시대에 내 몫을 누군가에게 주겠다는 마음을 갖고 살기란 쉽지 않다. 인간의 끝없는 욕망과 욕심이 손해 보며 사는 너그러운 마음을 밀어낸다.

방송인 홍진경 씨는 "행복이란 밤에 자려고 누웠을 때 마음에 걸리는 게 아무것도 없는 것이다. 마음에 걸리는 일들을 점점 더 없게끔 만드는 일이 나이 들면서 점점 더 중요해지는 일이다" 라고 말한다. 마음에 걸리는 게 아무것도 없는 삶은 자족自足할 줄 아는 사람의 인생이다. 마음에 걸리는 일들을 줄이며 살 수 있다는 것은 손해 보며 살겠다고 작심한 사람에게 주어지는 세상살이의 덤이다. 손해 보며 산다는 것은 비우고 베풀 줄 아는 사람에게 삶이 주는 선물이다.

누군가 손해를 본다는 것은 물질적으로나 정신적으로 본디보다 떨어지거나 나빠져 해롭게 되는 것을 감수하는 삶을 살고 있다는 의미가 담겨 있다. 이런 삶은 비워 손해 보는 것보다 타인에게 덕을 베풀어 자신의 내면을 행복의 기운으로 가득 채우는 것이다. 타인에게 덕을 베푸는 삶은 내 욕심을 비우고 상대방을 위해 기꺼이 손해를 보겠다는 마음에서 시작된다.

돈을 비롯한 물질의 특성은 내 몫만 챙기고 채우려 할 때 탈이 난다. 남에게 밥을 세 번 얻어먹었다면 최소한 한 번은 사야 서운하지 않은 게 사람과의 관계다. 내 돈 쓰는 것은 아깝고 상대방이 돈 쓰는 것은 당연하다고 생각하는 순간 사람과의 관계가 멀어지는 게 세상인심이다.

직장인의 애환은 어떤 일을 할 때 손해의 여부에 따라 희비가 갈린다. 다른 직원은 놀고 있는데 나만 뼈 빠지게 일하는 것 같으면 손해 보는 느낌이 들어 못내 억울해진다. 그러나 직장생활에서 나만 손해 보지 않겠다며 고집을 피우는 사람은 꼴불견이다. 직장에서 벌어지는 갈등의 주요 원인 중 하나는 '손해 보지 않겠다는 마음'이다. 직장에서 내가 조금 더 한다는 생각으로 일을 하면 상대방과 갈등을 빚을 이유가 없다. 손해 봄을 기꺼이 감수하면 상대방과 우호적인 관계를 형성할 수 있고 내가 힘들 때 지원군이 될 수도 있다. 손해 보는 일들을 불평 없이 하는 넓은 마음이 직장인에게 성공을 가져다주는 로드맵이다.

맹자는 이렇게 말했다.

"천하를 얻는 데 방법이 있다. 인민의 지지를 얻으면 곧 천하를 얻는다. 인민의 지지를 얻는 데 방법이 있다. 인민의 마음을 얻으면 곧 인민의 지지를 얻는다. 인민의 마음을 얻는 데 방법이 있다. 인민이 진실로 소망하는 것을 주고 그들을 위하여 저축해둔다. 그리고 그들이 진실로 싫어하는 것은 주지 않는다. 그뿐이다. 그 이상의 복잡한 처방은 없다."

상대방의 마음을 얻기 위해서는 상대방이 진실로 소망하고 원하는 것을 주면 된다. 내 것을 챙기기 전에 상대방에게 기꺼이 주는 마음이 인생을 잘사는 지혜다. 상대방이 하기 싫어하는 일을 손해를 감수하고라도 할 수 있는 넉넉한 마음을 키워보자.

수줍어하는
마음이 그립다

　요즘 세상은 목소리 높이는 사람들로 북새통이다. 어릴 적에 들었던 '목소리 큰 사람이 이긴다' 라는 말이 오십이 넘은 지금도 통한다. 목소리 큰 사람이 '장땡' 인 세상에서는 상대방에 대한 예의와 배려 같은 가치를 만나기 어렵다. 일단 목소리를 높이고 보는 사람에게서 수줍음을 찾기는 더 힘들다.

　수줍음의 사전적 정의는 '말이나 표정, 행동 등에서 드러나는 부끄러워하는 태도나 성격' 이다. 수줍음을 모르면 부끄러워할 만한 일에도 부끄러운 줄 모르고 염치없이 태연해지는 뻔뻔함에 빠지게 된다.

　정현종 시인은 수줍음이란 "말과 행동으로 이루어지는 사회생활에서 그 말과 행동의 나름대로의 충일과 불가피한 조건인 결핍을 아울러 느끼면서 보이는 표정" 이라 말한다.

　얼마 전 교직생활을 하는 친구들과 자리를 함께 했는데 요즈음 학부모들의 행태에 대한 이야기가 주제가 되었다. 학생이 문제 행동을 보여 학부모 상담을 요청하면 의외로 '목소리 큰 사람이 이긴다' 라는 마인드로 중무장하고 학교를 방문하는 학부모가 많다는 것이다. 기선제압이라도 하려는 듯 잔뜩 화난 표정으로 들어와서 언성 먼저 높이고 본다는 것이다.

학교에 갓 입학한 아이가 문제 행동을 보일 때 그 문제 행동에 대한 걱정은 부모가 가장 클 것 같은데, 해결책 모색은 안중에도 없이 무조건 트집 잡아 따지고 질책하려고만 하는 학부모를 보면 한숨이 나온다고 했다. 문제 행동을 보이는 아이에 대한 걱정이나 자신의 양육 태도에 대한 반성이 없으니 문제 행동을 고쳐주려는 책임감이나 목표의식도 없다고 한다.

수줍음이 없는 사람의 말과 행동은 거칠고 상대방의 마음에 상처를 남긴다. 사람들이 수줍어하는 마음을 조금이라도 갖고 있다면 온갖 파괴적이고 소모적인 싸움으로 인한 불행과 갈등이 조금이라도 줄어들지 않을까 싶다. 수줍음은 천진난만하고 선한 마음이며 타인에 대한 배려와 따뜻함이다.

안도현 시인은 〈너에게 묻는다〉란 시에서 "연탄재 함부로 발로 차지 마라. 너는 누구에게 한 번이라도 뜨거운 사람이었느냐" 라며 누군가에게 뜨거운 사람으로 살기를 권한다. 누군가에게 뜨거운 사람으로 살고 싶다면 수줍은 마음으로 다가가 정성을 다하는 모습이 아닐까 싶다.

수줍어하는 마음은 인성의 또 다른 이름이다. 신영복 교수는 "인성은 개인이 자기의 개체 속에 쌓아놓은 어떤 능력, 즉 배타적으로 자신을 높여 나가는 어떤 능력을 의미하는 것이 아닙니다. 인성이란 다른 사람과의 관계에 의해서 이루어지는 것이지요. 인간은 기본적으로 사회적 인간입니다. 이 사회성이 바로 인성의 중심 내용이 되는 것이지요"라고 말한다. 인성을 고양시킨다는 것은 자기를 키우는 것이 아니라 자기가 아닌 것을 키우는 것이라는 접근으로 자기가 서기 위해서는 먼저 남을 세워야 한다는 것이다.

수줍어하는 마음에는 나와 너의 격을 높여주는 인성이란 가치가 내재되어 있다. 사도師道에 부끄럽지 않으려 애쓰는 친구들 덕분에 인성을 고양해주는 수줍어하는 마음을 만날 수 있어 기쁜 날이다.

어리석음

세상만사가 호락호락하지 않다. 세상살이도 만만한 게 없다. 세상의 이치를 꿰고 삶의 근본에 대한 깊은 성찰과 매사 신중해져야 하는 까닭이다. 삶에 대한 확신과 목적이 모호하고 흔들린다는 것은 인생을 통찰하는 지혜가 부족하다는 반증이다.

나이 들어 하는 실패와 시행착오는 인생 경력에 치명적 흠집을 남기고, 뿌린 것을 거두고 차분하게 갈무리하는 시간을 불허한다. 근본을 깨치지 못한 채 사려 깊지 못한 생각과 행동으로 오십 중반을 넘긴다는 것은 끔찍한 일이다.

일상의 어리석음은 맹함으로 드러난다. 말言과 행行의 간극은 멀고 한마음을 품고 사는 우직함도 여리다. 잇속과 쾌락만을 차리는데 바빠 제 본성을 잊고 사는 것이 다반사다. 사람으로서 해도 되는 일들과 차마 해서는 안 되는 일들의 분별을 모르고 산다. 일의 옳고 그름에 휘말리는 말다툼是非과 곤란한 일을 겪어 몹시 애를 쓰는辛

꿈 일들로 삶이 고단하다. 자신의 인생을 수렁에 빠트리고 남을 불편한 처지로 내몬다.

어리석은 사람은 단단한 마음의 부재로 무른 마음에 머물러 산다. 정민 교수는 "지혜로운 사람은 화복의 조짐을 미리 헤아려 눈앞의 희비에 연연하지 않는다. 어리석은 사람은 놓이는 상황에 매여 웃고 울고를 반복한다. 즐거움은 다 누리려 들면 안 된다. 반만 누려라. 괴로움으로 자신을 짓이기지도 마라. 상처가 깊다. 슬픔이 기쁨이 되고, 즐거움이 괴로움으로 변한다. 끝까지 가면 뒷감당이 안 된다. 슬퍼하되 비탄에 빠지지는 말고哀而不悲, 즐거워도 도를 넘으면 안 된다樂而不淫"라고 말한다. 어리석은 사람은 마음의 흐트러짐을 경계하지 못해 꼿꼿하고 올곧은 마음이 수시로 흔들린다.

제 허물을 부끄러워하고 근간을 돌아보며 영혼을 키우는 일상이 지혜로운 삶이다. 장석주 작가는 "큰사람이란 죽을 때까지 제 영혼을 돌보고 성장하도록 돕는 사람이다. 성장이란 바깥의 자양분을 내 안으로 끌어들이는 일이다. 성장판이 닫힌 사람의 특징은 우매함, 아집, 독선, 거드름, 이기주의, 잘난 척 따위다. 허우대는 어른의 형상을 하고 있지만 속사람은 생각이 덜 자란 어린애다. 속이 덜 자란 어린애들은 남에게 자주 폐를 끼치고, 오로지 제 입에 들어가는 단것에만 집중한다"라고 말한다.

삶은 사물의 이치나 상황을 제대로 깨닫고 현명하게 대처할 방도를 생각해내는 힘에 의해 깊어진다.

다산 정약용은 "내게 없는 물건을 바라보고 가리키며 '저것'이라한다. 내게 있는 것은 깨달아 굽어보며 '이것'이라 한다. '이것'은 내가 내 몸에 이미 지닌 것이다. 그러나 보통 내가 지닌 것은 내 성에 차지 않는다. 사람의 뜻은 성에 찰 만한 것만 사모하는지라 건너다보며 가리켜 '저것'이라고만 한다. 이는 천하의 공통된 근심이다. 땀을 뻘뻘 흘리고 가쁜 숨을 내쉬면서 죽을 때까지 미혹을 못떨치고 오로지 '저것'만을 바라본다"라고 말한다. 어리석음은 본질을 파고드는 힘에 맥을 못 춘다.

인생은 벤자민 프랭클린이 말하는 절제, 침묵, 규율, 검약, 근면, 성실, 정의, 중용, 청결, 평온, 순결, 겸양의 도덕적 덕목들을 지켜내며 사는 여정이다. 지혜로운 사람은 유익한 것을 실천하고, 어리석은 사람은 해로운 것을 추구한다.

살면서 기뻐하기만 하고 참뜻을 궁구하지 않거나, 따르기만 하고실제로 잘못을 고치지 않는다면 어리석음을 벗어나기 어렵다. 인생을 두고 '너무 이르면 알 수 없고, 알고 나면 너무 늦다'라는 말의무게감이 예사롭지 않다.

역량의
덫

역량은 어떤 일을 잘하는 사람들의 독특한 행동 특성이다. 역량은 삶이 주는 버거운 무게를 감당하고 버티며 살아가게 해주는 힘이다. 역량에 대한 가치는 시대가 거듭될수록 커지고 있다. 변화의 시대에 역량이 생존과 성공의 한 축을 차지하고 있기 때문에 역량을 키우는 데 인생을 걸고 힘을 쏟는다. 1등만을 인정하고 강요하는 시대의 문화와 가치가 역량을 키우는 대열로 우리를 몰아세운다. 삼성그룹 이건희 회장도 "1등이 되고 싶다면 1등에게서 배워라"라고 말하며 역량 키우기를 강조한다.

그런데 역량이 언제 어디서나 인생을 성공으로 이끄는 동력으로 작용할까? 스탠퍼드대학교 제임스 마치 교수는 경력 발전 과정을 연구하면서 "보임 이전의 과거 성과와 보임 이후의 미래 성과 사이에는 통계적으로 아무런 상관관계가 없다"라고 말하고 이런 현상을 '역량의 덫' 또는 '훈련된 무능'이라고 정의했다.

이전 역할에 맞는 뛰어난 역량을 보유한 사람일수록 새 역할에 필요한 역량을 개발하는 데 어려움을 겪게 된다고 한다. 새로운 직책과 개인의 역량 간에 불일치가 발생한다는 것이다. 하위 직급에서 쌓은 역량이 오히려 상위 직급에서의 성과 창출에 발목을 잡는 독으로 작용한다는 점에서 역량이 꼭 성공을 보장해주는 보증수표가 아님을 보여준다.

한국경영자총협회에서 전국 219개 기업을 대상으로 신입사원이 임원이 되는 비율과 기간을 조사했다. 그 결과 신입사원 1,000명 중 7.4명만 임원으로 승진할 수 있고, 임원이 되기까지 평균 22년이 소요되는 것으로 나타났다.

그런데 1,000명 중 선택받은 7.4명은 왜 임원이 되었을 때 기대만큼의 능력을 발휘하지 못할까? 팀장 때 잘나가던 사람이 왜 임원이 되면서 성과가 지지부진한 경우가 많을까? 30대에 성공한 리더가 왜 40~50대가 되면 존재도 없이 사라질까?

이런 이유 중의 하나는 역량의 덫에 빠진 결과가 아닐까 싶다. 역량의 덫에 빠지지 않으려면 조직으로부터 부여되는 역할과 책임이 변할 때마다 역할과 책임을 잘 수행하기 위해서 어떤 역량이 필요하고, 어떻게 개발해야 하는지 깊이 있는 생각과 준비가 필요하다는 반증이다.

개인의 삶에서도 역량의 덫에 빠져 사는 경우는 흔하다. 이런 현상은 타인이 인정하는 역량의 범주가 아니라 내가 나에게 부여하고 인정하는 역량에 함몰되어 살 때 나타나기 쉽다. 역량이 아닌 것을 역량으로 착각하고 살 때 역량의 덫은 시도 때도 없이 찾아든다. 타인은 인정하지 않는데 자신만 역량이 있다고 인식하는 순간 '내 생각만 옳다'는 잘못된 생각과 판단으로 역량의 덫은 일상에 파고든다.

내 생각만 옳다는 것은 타인이 인정하는 역량이 아니라 내 안에서 자신이 인정하는 역량일 가능성이 크다. 내 생각과 처신만 옳다는 아집에 빠져 사는 것은 역량의 부재를 인식하지 못한 결과물이고 내 안의 부족함을 인정하지 않는 과신에서 온다. 자신만의 아집에 푹 빠져 살면서 처신에 뻔뻔함이 묻어나는 사람에게서 부끄러움을 찾아보기는 어렵다.

삶은 나이에 맞는 역량을 요구한다. 젊었을 때 습득한 지식과 경험만으로 노년의 인생을 살기에는 한계가 있고 버겁다. 나이와 직급에 맞는 역량을 준비하는 수고스러움이 역량의 덫에 빠져 살 가능성을 줄여준다. 역량의 덫에 빠져 사는 사람의 일상에는 매너리즘과 게으름이 소리 없이 내리는 눈처럼 쌓이게 된다. 내 삶에 긴 역량의 덫이란 그림자를 걷어내고 싶다.

오지랖

내 인생 살기도 바쁘고 버거운 세상에 남의 일 참견하는 데 시간과 에너지를 쏟는 오지랖 넓은 사람이 의외로 많다. 보통사람은 연예인이나 유명인 만큼 인지도가 높거나 영향력이 크지 않다. 자신의 존재감을 알리는 데 한계가 있기 때문에 오지랖을 떨며 살고 싶은 유혹에서 벗어나지 못한다.

오지랖은 상대방에 대한 따듯한 관심에서 우러나오는 챙김이나 배려와는 다르다. 오지랖은 아무 일에나 쓸데없이 참견하고 간섭하는 행위다. 오지랖이 지나친 사람의 마음에는 상대방을 내 의지대로 쥐락펴락하고 싶은 감정이 덕지덕지 묻어 있다. 상대방을 만만하게 보고 우습게 보는 마음이 읽힌다. 오지랖 넓은 행위는 상대방을 굴종시키고 싶은 감정의 소산이다. 타인의 인생을 내 뜻대로 좌지우지하고 싶은 습성이 오지랖을 키운다.

얼마 전 친구 매형의 오지랖 이야기를 가슴 아프게 들었다. 평소에도 처가의 대소사를 자기 마음대로 뒤흔드는 매형의 오지랖 때문에 기분 상하고 못마땅하다는 이야기를 친구에게 가끔 들은 적이 있다. 그 친구가 얼마 전 부친상을 당했을 때의 일이라 한다. 친구는 영면하신 아버님을 선산에 잘 모시고 제례가 끝나갈 무렵 매형의 황당한 오지랖에 치가 떨렸다 한다.

집안 어른들이 모두 계신 자리인데 매형이 "잠깐만요" 하더니 급조한 티가 역력한 아버님 추모 글을 격하게 오열하며 낭송하더란다. 그 순간 아버지를 잃은 장자長子의 슬픔은 온데간데없어지고 상주가 허수아비가 되어버려 피가 거꾸로 솟는 느낌이었다고 한다. 더욱 황당했던 것은 그렇게 오열하던 매형이 채 몇 분 지나기도 전에 호탕한 웃음소리와 함께 추모객들과 농담을 주고받더란다. 진정성이 의심되는 오지랖에 기가 막혔다며 울분을 토했다.

친구는 매형의 지나친 오지랖에 심리적으로 큰 충격과 상처를 받은 듯했다. 아들의 슬픔보다 사위의 애달픔이 더 크다는 것을 오열로 각인시켜가며 얻고자 했던 이익이 무엇이었는지 모르겠다며 가슴 아파했다. 장례 기간 내내 사위보다 장남이 우선시 되는 전통적인 관례 덕분에 장남으로 상주 역할을 무사히 마칠 수 있었다는 말에 친구의 심정이 읽혀 짠했다. 아버지의 영면도 힘든데 매형의 오지랖이 주는 상처까지 더해져 멍이 든 친구의 마음을 위로해주는 것으로 내 마음을 전했다.

지나친 오지랖은 상대방의 입장을 배려하는 마음의 부재이고 무례함이다. 오지랖을 떠는 사람에게서 체면을 생각하거나 부끄러움을 아는 염치를 기대하기는 어렵다. 누군가에게 인정받고 싶은 욕구에서 출발하는 오지랖은 상대방에게 상처를 안겨준다.

자신의 일과 영역을 간섭하고 침범하는 사람을 좋아할 사람은 아무도 없다. 상대방에게 영향력을 행사하여 자신의 역할을 강화하려는 의도가 내재된 오지랖은 좋은 관계 맺기에 부적합하다. 오지랖에 사리사욕이 더해지면 관계 맺기에 독이 되고 관계는 최악이 된다. 오지랖 떠는 재미에 푹 빠져 사는 사람의 언어는 가볍고 행동은 경솔하며 격은 낮다.

오지랖은 부끄러움을 타지 않고 비위 좋게 구는 짓을 뜻하는 넉살 좋은 것과 다르다. 살면서 넉살 좋은 것이 강점이라면 오지랖은 약점으로 작용할 가능성이 크다. 오지랖은 상대방을 누르고 나의 존재를 부각시키려는 일종의 영역표시이고 상대방의 인생과 일에 대한 내정간섭이다.

오지랖은 상대방을 무시하는 일이다. 오지랖이 도를 넘으면 화禍가 된다. 상대방의 입장을 배려하는 일상이 오지랖을 줄인다.

인정에
목마르다

삶은 욕구들로 채워지는 일상의 합이다. 사람의 욕구는 다양하고 사람마다 욕구를 채우는 우선순위가 다르다. 매슬로우는 인간의 욕구를 생리적 욕구, 안전 욕구, 애정 욕구, 존경 욕구, 자아실현 욕구로 설명했다. 나이를 먹을수록 사람은 타인의 인정을 먹고 산다는 것을 경험한다. 인정은 존경하는 어른으로부터 받는 인정도 기쁘지만 어린 사람이 해주는 인정도 즐겁다.

인정은 '상대방의 생각이나 행동을 확실히 그렇다고 여기는 마음'이다. 인정의 어원은 케냐와 에티오피아에서 시작된 현생인류의 역사와 맥을 같이할 만큼 오래되었다.

인류 공동체에서 인정을 받는다는 것은 생존이고 인정을 받지 못함은 도태다. 인정받음은 사회와 조직에서 살아남을 수 있는 힘의 원천이고 생존 보증서다. 사람은 평생 타인의 인정에 목마르고 인정받기를 갈구한다.

세상 인심은 상대방을 인정하는 데 인색하다. 자신이 만들어 놓은 인생관이나 틀에서 조금이라도 어긋나면 상대방을 가차 없이 무시한다. 상대방에 대한 무시는 자신이 우월하다는 의식의 산물이다. 상대방을 인정하기 어려운 이유는 자신의 뒤처짐과 패배를 받아들이기가 쉽지 않기 때문이다.

남이 잘되는 것을 샘내고 미워하는 시기심도 인정하기를 꺼리게 한다. 누군가의 상처에 소금을 뿌리듯 상대방의 실수와 결점에 흠집을 내기 바쁜 세상이 불인정과 무시를 부추긴다. 세상살이에서 자신의 잘남을 과시하고 싶은 욕망과 내가 옳다는 아집이 인정하기를 가로막는 감정의 장벽으로 작용한다. 승자독식의 메커니즘이 통하는 경쟁관계에서 인정받기를 기대하는 것은 어불성설이다. 누군가에게 인정받으며 살기가 갈수록 어려운 일이 되는 세상이다.

인정해주지 않는 어른한테 크는 어린아이는 불행하다. 자신감이 없고 주눅 들어 있다. 열심히 일하는데 인정해주지 않는 조직에 있는 사람은 불행하다. 의욕이 상실되고 우울하며 억울함에 화병이 되기도 한다. 상대방에 대한 인정보다 무시가 통하는 조직에서 구성원이 행복해지기는 멀어 보인다.

인정이 고갈된 조직문화에서 구성원들의 관계는 무관심과 비웃음으로 냉소적이다. 정체성을 인정받지 못한 구성원들이 개인역량을 발휘하고 협업을 통한 시너지 효과로 조직성과 창출을 기대하기는 어렵다.

상대방을 인정하지 않는 조직에서는 소통이 단절되고 감정의 골이 깊어져 갈등이 증폭된다. 일 잘하는 직원의 성과를 인정해주지 않으면 잘하고 싶은 의욕은 한풀 꺾인다. 리더가 조직성과를 높이고 싶다면 구성원 상호 간에 인정해주는 조직문화를 만들어가는 것이 급선무다.

누군가에게 인정받으며 산다는 것은 축복이다. 나를 인정해주는 사람은 나에게 좋은 사람이고 나를 무시하는 사람은 나에게 나쁜 사람이다. 인정은 상대방에 대한 대접이고 예우다. 타인을 인정해주는 마음이 자신의 인격과 품격을 높이고 상대방과 자신을 살리는 처세다. 인정받음은 인생의 무거운 짐을 버텨내고 뚜벅뚜벅 걸어가게 해주는 힘이다.

자존감

삶은 풍파와 세파를 견뎌내는 시간으로 채워진다. "산다는 것은 세상에서 가장 어려운 일이다. 대부분의 사람들은 그저 연명할 뿐이다"라는 오스카 와일드의 말에 동감한다. 인생은 내 안의 나약함과 끊임없이 싸우며 완성된다. 파란만장한 인생에서 꺾이거나 흔들리지 않고 살아가게 해주는 버팀목은 자존감이다.

고졸古拙을 품고 있는 도자기, 조각, 그림이 내면에서 신비스러움과 아름다움이 번져 나오듯 내면의 힘에서 생기는 자존감에는 한 사람의 매력이 담겨 있다.

자존감은 스스로 믿고 존중할 내면 세계를 세우고 그 신념을 바탕으로 삶을 선택하고, 행동하며, 책임을 지는 과정에서 얻어지는 내면의 힘이다. 심리학자 너새니얼 브랜드는 "건강한 자존감의 두 기둥은 자아 효능감과 자기 존중감이다. 자아 효능감은 자신을 돌보며 현실적 문제에 대처할 수 있다는 자기 신뢰이자 자신감이고, 자기 존중감은 스스로 존중하며 사랑받을 가치가 있다고 여기는 마음이다"라고 말한다. 자존감의 재료인 자신에 대한 신뢰와 존중은 삶의 문제를 해결하고 목표를 달성하는 성공 경험이 축적될 때 생겨난다.

자존감은 어린 시절의 경험과 부모의 양육 방식에 영향을 받는다고 한다. 부모와 애착 경험이 부족하거나, 학대, 조롱, 방치, 비난을 경험한 경우 자존감 문제에 시달릴 수 있다는 것이다. 자존감이 낮은 사람은 삶의 중심이 타인에게 맞춰져 겉치레와 꾸미기에 빠져 산다. 타인과 사회의 시선에 질질 끌려다녀서는 자존감에 닿을 수 없다. 다른 사람과 비교해 우위를 점한다고 해서 자존감을 키울 수 있는 것도 아니다.

사회의 통념이나 관습에 얽매이지 않고 사는 참삶은 자존감에서 잉태된다. 세상의 기준과 평가에 얽매이지 않는 자신감은 자존감 덕분이다. 자존감이 큰 사람은 타인에 대한 지나친 의식을 경계하고, 허세를 부리기 위해 가식적이고 위선적이지 않으며 자신을 지나치게 과장하는 데 에너지를 쏟지 않는다. 삶이 주는 지독한 허탈감과 무력감을 버티게 해주는 힘은 자존감이다. 틈틈이 내면의 민낯을 성찰해야 하는 이유다.

누구든 상처와 결핍의 인생을 피해갈 수 없다. 자존감을 세우는 첫걸음은 '나답게 살아가는 것'이다. 나답게 산다는 것은 경험과

탐색 속에서 스스로 판단하고 스스로 결정하는 법을 익히는 일이다. 자신을 학대하는 자기비판과 불필요한 자책감을 중단하는 마음이 자기감각이다. 내면의 힘을 키우는 원천은 자기감각이다. 자존감은 스스로 지금의 내가 과거의 나보다 낫고 더 견고해졌다는 믿음과 인정에서 온다.

노자는 《도덕경》에서 "남을 아는 것이 지혜라면, 자기를 아는 것은 밝음입니다. 남을 이김이 힘 있음이라면, 자기를 이김은 정말로 강함입니다" 라고 말한다. 자기를 이기는 힘이 자존감이다. 자존감은 '누구 때문에 내가 못 해'가 아니고 '그럼에도 불구하고 내가 해볼게'를 가능하게 해준다. 절망 속에서도 전진할 수 있게 해주는 내면의 힘은 자존감이다.

알랭 드 보통은 "어른이 된다는 것은 냉담한 인물들, 속물들이 지배하는 세계에서 우리의 자리를 차지하는 의미가 있다" 라고 말한다. 어른이 된다는 것은 '자신의 자리를 차지하는 것' 이다. 내면의 힘은 가장, 남편, 부모, 사장, 부장, 팀장의 자리에서 역할을 잘해낼 때 자연스럽게 커진다. 어른의 사춘기는 자신의 평범함을 인정하고 삶을 충실하게 채울 수 있을 때 종결되는 것이며 그 순간 진짜 어른이 된다.

_____ 정성

대청호 주변에서 늦은 점심을 먹었다. 맛집에 걸맞게 손님들로 북새통이다. 식당의 근간인 '맛' 에 주인의 장인정신이 정갈하고 맛깔스럽게 묻어났다. 아내는 맛에 심취해 딸에게도 맛보이고 싶어 삼겹살을 포장 주문했다. 고작 1인분을 주문했을 뿐인데 포장 상태와 내용물에서 얼마나 세심한 정성을 들였는지 한눈에 드러났다.

손님들이 북적거려도 혼란스럽지 않게 맡은 본분을 체계적으로 척척 해내는 일하시는 분들의 모습도 인상적이다. 주인이든 일하시는 분들이든 표정이 즐거운 빛으로 환하다. 맛집의 명성이 음식의 감칠맛에 주인과 일하시는 분들의 정성으로 명증되었다. 맛집 주인의 업業에 대한 본질과 정성이 맛에 고스란히 배어났다.

식당의 근간인 '맛' 에 버금가는 삶의 근간은 본질과 정성이다. 본질을 지켜주는 든든한 뒷심은 정성이다. 세상살이의 근간이 되는 1

퍼센트의 본질과 정성이 99퍼센트의 인생을 좌지우지하는 것이 삶이다. 어떤 상황이 와도 마음이 흔들리지 않게 잡아주는 삶의 버팀목은 본질이고 삶을 풍요롭게 해주는 것은 정성이다. 인생에 시련과 역경이 직면할 때 버티고 지탱해주는 근원은 본질과 정성이다.

본질을 놓치고 살다 보면 무엇을 해야 할지도 모르고, 삶에 본질로 채워진 근간도 없으니 유혹에 쉽게 흔들리고 빠진다. 삶의 본질과 업業의 역할이 무엇인지 모르는 사람의 일상에 정성은 전무하다. 정성이 없는 일상에 척하며 사는 못된 마음까지 겹치면 '멍청한 삶'을 자초하게 되고 본질과 근간에 다가가는 삶을 살아내기가 버겁다. 삶의 본질과 근간을 지켜내며 사는 데 온 정성을 다하는 것이 사람됨의 도리다.

삶에 내공이 있다는 것은 본질을 움켜쥐고 근간과 심지를 정성 들여 굳건히 지켜내는 힘이다. 다산 정약용은 이렇게 말한다.

"사람의 떳떳한 윤리는 오직 지성至誠뿐이다. 삿됨으로 말미암아 욕망과 사정私情이 생겨난다. 삿됨이 들어오는 구멍이 있으니 나고 듦이 너무 빨라, 풀이 싹트고 물이 새는 것과 같다. 떡잎부터 제거하지 않으면 도끼질을 해야 하는 수고스러움이 있다. 개미구멍을 안 막았다간 큰물이 져 넘친다. 지혜로운 사람은 기미를 알아 조심스레 둑을 쌓는다. 창문에 자물쇠를 굳게 하고, 대문에 울타리를 엄하게 두른다. 삿됨이 드나들 길을 막고 흘러들 틈을 막아버린다. 그것을 굴복시켜 녹여버리고, 싫다고 감추어서 덮지 않는다."

마음의 구멍을 막아주는 것은 본질이고 근간이며 정성이다.

삶의 본질과 가치관이 바로 서고, 하루하루의 시간 활용에 체계가 잡혀 있고, 그 시간에 정성을 다하면 삶이 아름답게 빛난다.

노자는 "인위적 행위, 과장된 행위, 계산된 행위, 쓸데없는 행위, 남을 의식하고 남 보라고 하는 행위, 자기중심적인 행위, 부산하게 설치는 행위, 억지로 하는 행위, 남의 일에 간섭하는 행위, 함부로 하는 행위 등 일체의 부자연스런 행위를 하지 않는 것을 무위無爲"라고 말한다. 부화뇌동하지 않는 참삶은 무위를 본질과 근간으로 삼고 정성 들여 실천하는 시간 속에 녹아든다.

체면

지난 주말 지인의 여혼女婚이 있었다. 경제적으로 많이 힘들다는 말을 들은 터라 걱정스런 마음으로 갔는데 예식장에 펼쳐진 의외의 광경에 눈이 휘둥그레졌다. 식장 안이 온통 생화로 치장된 것이 엄청난 돈이 들었을 듯했다. 체면 때문에 어쩔 수 없이 빚을 얻어 했다는 말을 후일에 들었다.

체면體面의 사전적 정의는 '남을 대하는 떳떳한 도리나 얼굴' 이다. 체면치레는 나의 몸과 얼굴을 꾸미는 것 즉, 내 얼굴 안 깎이게 하는 어떤 행동을 의미한다. 체면은 본질을 외면하고 겉치레에 치중하는 허세다. 타인에 대한 의식에 내 삶이 저당잡히는 것이다. 체면에 과시하고 싶은 마음이 더해지면 나타나는 것이 허례허식이다. 타인이 내 삶의 주인 노릇 하는 형국으로 이는 자기 무시와 비하이고 기만이다.

체면은 익명성이 보장되지 않는 공간에서 더욱 기승을 부린다.

사돈의 팔촌까지 속속들이 엮여 있고 훤히 들여다보는 공간일수록 체면이라는 사회적 압력은 강해진다. 집단의식이 중시되는 공간일수록 집단이 나를 어떻게 볼 것인가 하는 '집단의 평판' 이 내 삶의 잣대가 된다. 이동이 별로 없는 토착마을 사람들에게 체면이 서지 않는 일은 금기시되는 가치다. 체면 때문에 싫은 일이나 행동을 어쩔 수 없이 하고, 하고 싶은 일이나 행동도 타인을 의식한 나머지 못하며 산다. 체면은 정해진 틀 안에서 획일화된 정답 하나만을 인정하는 사회와 문화에서 더욱 기세등등해진다.

기성세대가 중시하는 것이 체면이라면 신세대에서 중시되는 것은 '덕후' 다. 덕후는 일본의 '오타쿠' 에서 유래되었다. 오타쿠는 일본말로 '집' 을 뜻하지만 '자신이 좋아하는 것에 집중하거나 특정 분야에 전문적인 지식과 마니아 성향을 지닌 사람' 을 지칭하는 신조어다. 자신이 좋아하는 일과 하고 싶은 일에 대한 몰입이 덕후다.

미래는 덕후의 시대다. 덕후가 단순히 소비지향적인 몰입에서 벗어나 좋아하는 것을 발판삼아 자신을 역량화시킨다면 그것이 곧 길이 되는 시대인 것이다. 기성세대는 좋은 성적으로 명문대에 진학하고 대기업에 취업하는 일이 가장 바람직한 체면 유지였다. 2016년 신입사원의 1년 이내 퇴사율이 28퍼센트다. 이는 싫은 일을 어쩔 수 없이 하는 체면 유지가 청년들에게 더 이상 통하지 않는다는 사실을 입증한다.

　다른 사람 눈치 보며 적당히 하는 사람은 노력하는 사람을 이길 수 없고, 노력하는 사람은 즐기는 사람을 이길 수 없다. 덕후란 자신이 좋아하는 일에 도전하고 몰두하여 그 분야에서 전문가가 된 사람들이다. 한때 쓸모없는 취미로 외면받던 덕후가 최근 기업에서 성장과 경쟁력의 키워드로 인식되고 있다. 규격화된 대량생산 구조에서 차별화된 소량생산 구조로 이동하는 시대에 빛나는 사람은 덕후들이다.

　김훈 작가는 "대나무의 삶은 두꺼워지는 삶이 아니라 단단해지는 삶이다. 더 이상 자라지 않고 두꺼워지지도 않고, 다만 단단해진다. 대나무는 그 인고의 세월을 기록하지 않고, 아무런 흔적을 남기지 않는다. 대나무는 나이테가 없다. 나이테가 있어야 할 자리가 비어 있다"라고 말한다. 살면서 진짜 중요한 것이 무엇인지를 들여다보게 한다.

　삶을 두껍게 만들지 않고 단단해지게 만들어주는 것은 체면이 주는 굴레나 더께에서 벗어나 나를 나답게 세우는 일이다. 니코스 카잔차키스는 "익숙한 것을 두려워하라"고 말한다. 이미 익숙해져버린 체면 차리기 때문에 잃고 있는 본질은 무엇인지 두려운 마음으로 삶을 들여다볼 때다.

평판이
두렵다

인사이동 철이면 사람의 평판을 많이 접한다. 평판은 세상에 널리 퍼진 소문 또는 나를 바라보는 세상 사람들의 평이다. 평판은 오랜 시간에 걸쳐 형성된 지속적이고 보편적인 평가로 여러 경로를 통해 전파되는 일종의 집합적 기억이고 공통의 목소리다. 평판은 때가 되면 어김없이 이동하는 철새처럼 내가 가는 곳마다 따라붙어 다니는 분신이다. 몸은 지금 여기에 머물지만 평판은 과거와 현재 그리고 미래의 시공을 넘나든다. 육체는 사멸하지만 평판은 타인의 기억 속에 남아 영생한다.

평판은 관계의 출발점이고 종착점이다. 사람은 관계를 맺거나 유지하는 데 만족하지 못하고 타인의 인정과 호감을 목말라한다. 사람은 누구나 내 의사와 무관하게 좋든 싫든 타인의 평가를 받는 존재다. 내가 살아온 인생이 평판이란 거울로 비춰지지만 나의 평판은 타인의 몫으로 결정된다. 그래서 남들의 시선을 지나치게 의식하고 주변의 평가에 귀를 쫑긋 세워 반응하고 소문이나 가십에 민감하게 신경 쓰며 산다. 평판과 세평이 좋지 못하면 권력으로 영향력을 행사하고 싶어도 한계에 봉착하는 경우가 흔하다.

좋은 평판과 이미지는 연예인만의 전유물이 아니다. 누구에게나 살아가는 데 없어서는 안 될 삶의 필수 영양소가 좋은 평판이다. 좋은 평판은 세파를 견디며 헤쳐 나가는 힘이다.

평판은 내가 살아온 일상의 흔적에 대한 성적표다. 직장생활을 하다보면 근무지가 바뀔 때 사람보다 평판이 먼저 오는 경우를 보게 된다. 누구는 뭐가 어때서 좋고 싫다는 평판이 입소문을 타고 전해진다. 사람이 오기 전에 소문으로 도착한 좋지 않은 평판은 그 사람의 이미지에 치명적으로 작용한다. 한번 나락으로 떨어진 평판과 이미지를 끄집어 올리는 것이 쉽지 않다는 점에서 평판이 두렵다. 사람과 일에 대한 정성의 무게가 좋은 평판의 근간이다.

내가 주고 베풀 수 있을 때 정성을 다해 베풀고 나누는 삶이 좋은 평판을 만든다. 미국이나 유럽 등 선진국에서도 직급이 높아질수록 평판에 의해 임용 여부가 결정된다고 하니 평판의 위력은 대단하다.

평판이 좋지 않게 들린다면 일하는 방식과 사람과의 관계 맺기에 문제는 없는지 살펴볼 일이다. 그렇다고 좋은 평판을 받기 위해 문유서 판사가 말하는 "눈치와 체면과 모양새와 뒷담화와 공격적 열등감과 멸사봉공과 윗분 모시기와 위계질서와 관행과 관료주의와 패거리 정서와 조폭적 의리와 장유유서와 일사불란함과 지역주의와 상명하복과 강요된 겸손 제스처와 모난 돌 정 맞기와 다구리와 폭탄주와 용비어천가와 촌스러움" 같은 조직문화에 일상을 종속시키는 인생은 비루하다. 나에게는 평판을 의식하지 않고 살만큼의 용기가 없어 평판을 의식하지 않고 사는 사람의 일상이 부럽다.

평판은 누군가를 어떻게 대하고 일을 어떻게 처리했는지에 대한 결과다. 심리학자 로버트 스턴버그는 "성공은 단순히 아이큐가 높은 사람이 하는 것이 아니고 자신이 원하는 것이 생겼을 때 언제 누구에게 어떻게 말을 해서 최대의 효과를 거둘 수 있는지를 아는 '실용지능'이 높은 사람이 한다"라고 말한다.

좋은 평판은 타인과 대립각을 세우지 않거나 모가 나지 않는 처세에서 만들어진다. 평판이 잘못 살고 있는 인생을 점검할 수 있게 해 준다면 고마운 일이다. 온 천지를 따뜻한 기운으로 감싸고 밝게 비추는 태양과 보름달 같이 누군가에게 좋은 평판으로 기억되고 싶다.

호모
비아토르

얼마 전 지인이 제주도에서 한 달만 살아보겠다며 떠났다. 누구의 아내, 어느 집의 며느리, 누구의 엄마로부터 벗어나 오롯이 자신만을 위한 시간을 가져 보겠다며 여행을 감행한 것이다. 자신의 내면을 들여다보고 삶의 의미를 재정립해보고 싶다고 했다.

삶은 의미와 무의미를 넘나든다. 산다는 것은 의미를 찾아 나아가는 여행이다. 철학자 가브리엘 마르셀은 인간을 '호모 비아토르 Homo Viator', 즉 '여행하는 인간' 으로 정의했다.

시인 류시화는 "인간은 본질적으로 '길을 가는 사람' 이다. 공간의 이동만이 아니라 현재에서 미래로의 이동, 탄생에서 죽음까지의 과정도 길이다. 삶의 의미를 찾아 길을 떠나는 여행자, 한곳에 정착하지 않고 방황하며 스스로 가치 있는 삶을 찾아나서는 존재를 가리킨다"라고 말한다.

최근 인생길을 의미와 가치로 채워나가는 '욜로족'이 급부상하고 있다. '욜로'라는 신조어는 2011년 래퍼 드레이크가 발표한〈더 모토The Motto〉라는 노래 가사에서 'You Only Live Once'와 'YOLO'가 등장한 것이 계기가 되었다. 욜로족은 한 번뿐인 인생임을 직시하고 자신이 하고 싶은 일을 하는 현재의 행복 추구를 가장 중시하는 라이프스타일이다.

1인 가구가 늘면서 혼자 술을 마시는 혼술, 혼자 밥을 먹는 혼밥, 혼자 투숙하는 혼숙을 즐기는 나홀로족도 같은 맥락이다. 욜로족과 나홀로족은 현재 즐길 수 있는 일에 시간과 돈을 아낌없이 투자한다.

삶은 익숙한 것과 결별하는 순간 진보한다. 과거의 나와 작별하고 새로운 나를 찾고자 할 때 여행은 시작된다.

만약 내 삶이 방향성을 상실한 듯하고, 일상이 진부하게 느껴지고, 심각한 갈등 관계에 봉착해 있다면 '호모 비아토르'의 삶을 추구해 볼 시점이다.

미국 시인 마야 안젤루는 "인생은 숨을 쉰 횟수가 아니라 숨 막힐 만큼 벅찬 순간을 얼마나 맞이했는지에 의해 평가된다"라고 말했다. '누구여야만 하는 나'와 '어디에 있어야만 하는 나'가 아닌 본연의 나를 찾아 나서는 호모 비아토르의 삶이 감동으로 가슴을 뛰게 만든다.

시간은 우주 만물을 지배하는 힘이다. 삶이 주는 무게가 무의미한 일들과 무의미한 시간으로 몰아넣는다. 무의미한 고민이나 무의미한 일을 하느라 시간을 무의미하게 보내는 것은 유한한 삶에 대한 모독이다. 삶은 순식간에 지나가는 일상에서 찰나의 기회를 포착해야 하기 때문이다.

에셴바흐는 "시간을 지배할 줄 아는 사람은 인생을 지배할 줄 아는 사람이다" 라고 했다. 지금 이 순간들을 놓치지 않고 의미 있는 시간으로 채우는 일상이 호모 비아토르의 삶이다. 물욕은 사람의 마음을 유혹한다.

작가 이철환은 "삶은 물질과의 싸움이다. 물질은 인간의 본성과 인간의 감정을 제멋대로 왜곡시킨다. 물질에 대한 집착이 강하면 강할수록 '큰 기쁨' 은 있어도 '긴 기쁨' 은 없다. 물질이 인간관계, 심지어는 가족관계까지도 회복될 수 없을 만큼 흔들어놓는다" 라고 말한다. 물질의 유용한 쓰임은 품격이다.

호모 비아토르의 삶은 의미 있는 시간과 물질을 움켜쥐고, 무의미한 시간과 물질을 버리는 일상으로 완성된다. 자신이 좋아하는 일을 찾아 이루고, 부끄럽지 않은 일에 물질을 투자하는 것이 진정한 호모 비아토르의 삶이다.

후한 인심이
그립다

　추석 명절에 고향을 찾는 이들의 긴 행렬은 예나 지금이나 여전하다. 귀성길 행렬에는 고향 인심을 느끼고 싶은 사람들의 훈훈한 마음이 쌓여 즐겁다. 내 처지를 헤아려주는 넉넉한 인심이 기대되어 고향길이 지루하지 않다. 일상에서 지친 마음에 위안을 받으며 시름을 덜어내고 삶의 무게를 버텨내는 힘을 얻는다.

　올 추석 명절에 고향을 다녀온 지인들의 감정이 예사롭지 않다. 어떤 분은 부모와의 감정에 알 수 없는 미묘한 틈이 생겨 신경 쓰인다 하고, 형제자매 간에 원초적인 경쟁 심리가 발동하여 우애를 돈독히 하기보다 앙금만 키웠다는 사람도 있다. 젊은 새댁은 일꾼으로 취급받는 듯했다며 불편한 심기를 드러낸다.

　인심은 남의 처지를 헤아려주고 도와주는 마음이다. 인심은 인성과 덕의 토양에서 움트고 자란다. 신영복 교수는 "인성을 고양시키는 것은 먼저 '기르는 것'에서 시작됩니다. 자기를 키우는 것이 아니라 자기가 아닌 것을 키우는 것입니다. 그리고 그것을 통하여 자기를 키우는 순서입니다"라고 말한다. 남의 처지를 헤아려 배려하는 마음이 자신을 키우는 길이다. 가족 간에도 자리에 따라 권력이 주어진다. 그 권력을 휘두를 것이 아니라 인심을 베푸는 쪽으로 써야 가정에 웃음꽃이 핀다.

"화향천리행 인덕만년훈花香千里行 人德萬年薰"이란 말이 있다. '꽃향기는 천리 길을 가고 사람의 덕은 만 년 동안 훈훈하다'는 뜻이다. 그 사람의 덕이 곧 그 사람의 향기이듯이 그 사람의 인심이 곧 그 사람이 덕이다.

삶은 끊임없이 '주고받음'의 연속이다. 인색함에 무게중심을 두는 삶은 권력을 휘두르는 쪽에 가깝다. 권력욕과 지배욕이 인간의 '생존 유전자'에서 비롯된 감정의 소산이긴 하지만 잘 써야 한다. 인심을 베푸는 데 인색하고 권력을 휘두르는 쪽에 가까운 사람의 삶에는 정情이란 윤활유가 없어 삐거덕거리기 일쑤다. 권력을 휘두르는 맛에 중독되면 상대방에 대한 배려와 인심은 만나기 힘들다.

가족 구성원 간에도 어느 한쪽에서 대접받고 누리려는 마음만 먹으면 그 가족은 '관계 스트레스'로 몸살을 앓게 되고 병들어 상처만 남게 된다.

직장에서도 인색한 사람보다는 인심 쓰는 사람이 인정받고 성공할 확률이 높다. 직장상사와 부하직원 간에 주고받는 후한 인심이 조직의 성장을 이끈다. 직장상사의 자리는 부하직원을 내 수족처럼 권력을 휘두르는 자리가 아니다.

직장상사가 부하직원의 입장과 처지를 알아서 헤아려주면 부하직원은 눈물 나도록 고맙다. 이런 대접을 받은 부하직원은 상사와 인지상정의 관계가 성립되어 업무에 최선을 다하는 것으로 고마운 마음을 전하고 사람의 도리에도 정성을 다한다.

권력이란 칼자루를 쥐고 있을 때 상대방에게 씻을 수 없는 상처를 남기지 않도록 칼을 잘 쓰는 것이 인생의 고수다. 베풀 수 있는 자리에 있을 때 인심을 베푸는 것은 덕을 쌓는 길이다.

이문재 시인은 "좋은 사람이란 좋은 습관을 많이 가진 사람이다. 나쁜 습관은 저절로 들지만, 좋은 습관은 절대로 저절로 몸에 배지 않는다. 습관이 바로 나다"라고 말한다. 권력을 휘두르고 인심을 베푸는 데에도 나만의 습관이 있다. 인심 베풀기는 '내가 아는 게 전부가 아니다', '모든 사람들은 모든 것을 알고 있다'라는 사실을 깨우칠 때 가능하다. 인생길 여정에서 만나는 이에게 후한 인심을 베풀며 살 때 세상은 훈훈해진다.

휴가는
삶의 보약이다

며칠 전에 참새가 깃털을 씻으며 더위를 식히고 있는 사진 한 장을 신문에서 보았다. 최근 사람의 체온보다 높은 기온 때문인지 그 사진의 이미지가 아직도 생생하게 남아 있다. 사람들도 땡볕 더위를 피하기 위해 여름휴가를 떠난다. 해수욕장과 계곡마다 피서객들로 인산인해를 이룬다. 여름휴가를 즐기려는 대열이 설과 추석 명절의 민족 대이동을 연상케 한다. 이런 여름휴가의 진풍경을 지켜보며 한적한 가을날에 휴가를 보내면 안 되나 말했던 내가 휴가 대열에 동참하면서 많은 생각이 들었다.

내가 피서지의 차량 행렬을 길게 만드는 데 일조를 하게 된 것은 '다들 떠나는데 나만 예외일 수 없다'는 심리가 작용한 것 같다. 남들 다 산과 냇가로 발걸음을 옮기는데 나만 외톨이가 되는 것은 참을 수 없었다. 왠지 손해 보는 것 같은 기분과 함께 억울한 느낌까지 들었다. 나아가 시기심과 질투심까지 한몫했는지 모른다. '나와 우리 가정이 행복합니다' 라는 사실을 알리고 보여줌으로써 삶의 만족과 희열을 느끼고 싶은 심리가 깔려 있음도 부인할 수 없다.

이처럼 휴가는 가족, 연인, 친구 사이에 우정과 사랑의 깊이와 넓이를 확인하는 소중한 기회가 된다. 일상의 분주함과 반복에서 오는 무기력감을 떨쳐버릴 수도 있다. 그래서 휴가는 하던 일을 잠시 접고 쉰다는 것 이상의 의미를 갖는다. 이런 측면에서 볼 때 휴가에는 소비만이 아니라 생산적인 요인도 내포되어 있다.

한 사회의 건강성은 구성원 간의 상호 이해로 유지된다. 휴가는 사회구성원 간의 친밀감과 유대 강화를 이끌어주는 역할에 한몫한다. 휴가는 내가 상대방과의 좋은 관계 맺기를 가능하게 해주는 인간관계의 원천이다. 그리고 사회의 가장 기본 단위인 가정의 행복지수를 높여주는 행복 비타민이다.

휴가는 타인의 삶을 눈여겨 지켜보면서 나를 바라볼 수 있는 시간을 준다. 자기가 맡은 역을 잘 소화해서 감칠맛 나는 연기를 하기 위해서는 배우만의 몫이 아니다. 내 인생의 주연 배우는 내가 아닌 다른 사람이 대신할 수 없다. 배우가 맡은 역을 이해하듯 나 자신에 대한 이해가 반드시 필요하다.

이런 맥락에서 휴가는 내가 살아온 날들을 뒤돌아보면서 잘잘못을 저울질해보고, 내 자신의 내면을 보고 소통할 수 있는 좋은 기회다. 삶의 속도가 빨랐다고 생각되면 속도를 줄일 수도 있는 좋은 타이밍이다. 내 영혼이 힘들어 죽겠다고 아우성치는 소리와 손짓을 듣고 볼 수도 있다. 삶의 속도와 방향이란 화두를 가까이 두며 살 수도 있게 된다.

휴가를 마치고 나면 좋은 추억들이 마음속 깊이 차곡차곡 쌓인다. 휴가지에서의 나쁜 기억들은 오래 버티지 못한다. 좋은 기억들이 내 마음을 사로잡기 때문이다. 물론 신용카드 영수증도 두둑이 쌓이고, 통장 잔액도 줄어들겠지만 그래도 휴가가 좋다. 올여름 휴가 때의 좋은 추억들이 삶이 주는 고통과 어려움을 이겨낼 수 있는 힘이 될 수 있기 때문이다.

내년 여름휴가가 기대된다. 올 여름휴가를 통해서 살아가는 동안 어깨를 활짝 펴고 고개를 뻣뻣하게 세우며 살 수 있는 자신감을 얻었기 때문이다. 올 여름휴가가 나에게 희망을 주었다. 그래서 올 여름휴가는 삶의 보약이다.

2장

세상이
흔들려도
삶에
균형추가
있다면
언제나
행복하다

공감

사람은 사람과 함께해야 살맛이 난다. 그런데 요즘은 내 앞에 있는 사람보다 핸드폰에 눈을 맞추는 사람들이 늘고 있다. 핸드폰에 빠져 보내는 시간도 길어지고 있다. 외식 나온 가족의 모습을 보면 서로의 눈을 맞추며 대화하는 모습보다는 앞에 앉은 가족은 안중에도 없다는 듯 각자 고개를 숙인 채 핸드폰에 시선을 집중한 모습이 많이 목격된다.

나에게도 핸드폰을 끼고 사는 친구가 있다. 그 친구는 모처럼 만난 나에게 집중하지 못한다. 나와 눈을 맞추기보다 연신 핸드폰과 눈 맞추기 바쁘다. 핸드폰과 함께 할 때면 코앞에 있는 나를 투명인간 취급한다. 그 친구가 왜 나를 만나자고 했는지 이해가 안 될 정도다. 내가 한창 말을 하고 있을 때에도 그 친구는 자신의 핸드폰으로 걸려온 전화를 받거나 문자전송에 열중한다. 전화가 왔을 때 "지금 통화하기 곤란하니 다시 연락하겠다" 하며 나를 배려하는 마음은 찾아보기 어렵다. 나에게 "미안해. 급히 처리할 일이 있어서……"라는 양해의 말 한마디 없이 핸드폰의 상대와 유유자적 떠들고 있는 친구의 모습에 기가 막힌다. '나 이렇게 잘 나가는 사람이야!'라고 과시하는 듯한 마음까지 읽힌다.

아무리 친구지만 이런 대접을 받고 나면 자존심이 상하고 불쾌해진다. 소통은 쌍방향으로 오고 가는 심리 게임이다. 이런 친구와 함께하면 자리를 빨리 뜨고 싶은 생각뿐이다. 친구와 헤어질 때 아쉬운 감정보다 씁쓸함이 앞선다. 기껏 시간을 내 만났는데 함께한 기분 좋음보다 불쾌함이 더 커서 다음 만남을 주저하게 된다.

클래러티 미디어 그룹의 CEO인 빌 맥고완은 "완벽한 소통이란 적절한 순간에 적절한 대상에게 적절한 메시지를 적절한 어조로 전달하는 것"이라고 말한다. 내 친구의 '완벽한 소통'은 나를 만나면 눈으로 나를 바라보고 귀 기울여 나의 이야기를 듣고 다정다감한 어투로 나에게 이야기하는 것이다. 지금 함께 있는 사람에게 정성을 다하는 것이 완벽한 소통의 시작이다. 완벽한 소통 여부는 상대방과 나의 관계를 좌우하는 기준이 된다.

프란치스코 교황은 "진정한 대화는 공감하는 능력을 요구한다. 우리의 대화가 독백이 되지 않으려면 생각과 마음을 열어 다른 사람, 다른 문화를 받아들여야 한다. 상대방이 하는 말만 들어선 안

된다. 말로 하지는 않지만 전해오는 그들의 경험, 희망, 소망, 고난과 마음 깊은 곳에 담아둔 걱정까지 들을 수 있어야 한다"라고 했다. 소통의 기본은 공감하는 것이고, 공감은 '함께 느끼는 것'이다. 소통을 통해 상대방의 기쁨이나 슬픔을 함께 하는 것이다.

소통은 운동 근육과 같아서 배우기만 하고 갈고 닦지 않으면 절대 탄탄해지지 않는다. 내 친구도 누군가를 만날 때는 핸드폰 사용을 자제하고 함께 있는 사람에게 마음을 다해 공감하는 대화법을 배워 활용했으면 좋겠다.

완벽한 소통은 '입으로 말하고 귀로 듣는 것'만으로는 부족하다. 완벽한 소통의 시작과 끝은 '귀를 열어 느끼고, 그 느낌이 가슴을 울려 입으로 반응하는 것'이다. 마음을 열어 느끼는 방법은 경청이고, 가슴으로 반응하는 것은 맞장구치는 것이다. 서로의 기쁨이나 슬픔을 느끼고 "아, 그랬구나!" 하며 공감하는 것이다. 그러고 보니 완벽한 소통은 사랑에 빠진 연인들의 모습과 닮았다.

_____ 꽃

봄의 묘미는 꽃이다. 봄은 꽃으로 물들고 진다. 봄꽃에 눈이 황홀하고 마음이 들뜬다. 봄꽃에 얽힌 추억을 쌓으며 나이 든다. 며칠 전 편찮으신 장모님께 드릴 꽃을 사기 위해 아내와 화원에 들렀다. 중년의 남자가 아내에게 선물한다며 한 송이마다 5만 원 지폐로 감싼 장미꽃 스무 송이를 포장해 갔다. 내 마음을 헤아려 "나는 저런 이벤트 사양합니다"라고 미리 말하는 아내의 마음 꽃이 장미꽃보다 매혹적이고 달달했다.

사람은 꽃으로 비유되는 것을 좋아한다. 이십여 년 전 아내는 직장에서 동료들끼리 자신을 어떤 꽃에 비유하는지 남편에게 물어보자는 미션을 모의(?)한 적이 있단다. 잔뜩 기대하며 물어봤을 아내에게 그때의 내가 잠깐 생각하더니 "모과"라고 대답하더란다. 예쁜 꽃에 비유되지 못해 실망한 마음을 감추고 왜 모과냐고 물었더니 "생긴 건 별로지만 향도 좋고 쓰임도 많잖아"라고 친절하게 설명하는데 너무 속상해서 울고 싶었단다.

다음 날 남편들이 어떻게 표현했는지 동료들의 얼굴에 고스란히 나타나더란다. 장미꽃이나 목련화, 프리지아, 코스모스 등에 비유된 동료들의 얼굴은 꽃처럼 활짝 핀 반면 그렇지 못한 동료들은 아내처럼 울상이 되어 있더란다.

어떤 남편은 '맨드라미' 라 해서 그 이유를 물었더니 매사 잘 따지는 모습에 싸움닭이 연상되어 닭 볏 같은 맨드라미꽃이라고 하더란다. 어떤 남편은 한술 더 떠서 아내의 무던한 성격을 빗대 꽃도 아닌 '나무토막' 이라 했다며 한숨지었단다.

그 날 이후 생긴 건 별로지만 쓰임이 많다는 모과만 보면 아내는 속이 상하고 아린 상처가 되었단다. 자존심이 상해서 다른 꽃에 비유해달라는 말도 못 하고 혼자서 자존감만 떨어뜨리는 씁쓸한 추억이 되었다 한다.

그러다 올봄 아내는 우연히 모과 꽃을 처음 보았고, 저렇게 예쁜 꽃을 두고 군이 울퉁불퉁 못생긴 모과에 자신을 비유했냐며 원망을 했다. 아내는 그 전에도 몇 차례 모과로 비유된 것에 서운한 감정을 표현한 적이 있었는데 그때마다 별 반응 없이 넘긴 나의 소통법이 아내의 아린 마음을 키웠다.

요즘 나는 아내의 바가지(?)를 감내하느라 일상이 버겁다. 봄 길을 산책하다 보면 왜 그렇게 어여쁜 꽃들이 눈에 많이 띄는지 그때마다 아내는 "민들레, 제비꽃, 진달래, 벚꽃, 철쭉, 싸리꽃, 배꽃… 저 많은 꽃들을 두고 모과라니!" 한마디 한다. 모과의 꽃말이 평범, 조숙, 정열임을 강조하고, 가을 하늘에 노랗게 매달린 모과가 얼마나 아름다운지, 향은 또 얼마나 그윽한지 강변해보지만 아내는 콧방귀만 뀐다. 사태의 심각성을 뒤늦게 깨닫고 매화 향에 취해있던 아내를 보며 "당신 매화꽃 같아!" 하고 분위기 반전을 꾀해보지만 아내의 반응은 시큰둥하다.

좋은 말은 잊어버리기 쉽지만 상처가 되는 나쁜 말은 오래 기억된다. 이십여 년이 흐른 지금도 아내는 여전히 자신을 모과로 비유한 말에 서운한 감정이 있는 것만 봐도 알 수 있다.

상처가 되는 말과 서운한 감정을 유발하는 말을 줄이며 사는 것이 소통의 기본이다. 《명심보감》에 "사람을 이롭게 하는 말은 솜처럼 따뜻하지만, 사람을 상하게 하는 말은 가시처럼 날카롭다. 한마디 말이 잘 쓰이면 천금과 같고, 한마디 말이 사람을 해치면 칼로 베는 것처럼 아프다"라는 말이 실감 난다.

온 천지가 꽃 잔치다. 양지꽃, 자운영, 황매화, 수선화, 복숭아꽃이 피고 지더니 장미가 피어나기 시작한다. 라일락, 수국, 작약, 백일홍… 꽃들이 앞다투어 필 텐데 꽃 잔치가 성대해질수록 남모르게 살짝 한숨이 난다.

으름장
화법

소통이라는 글자를 따져본다. 소疏는 물건 사이가 떨어져 있는 상태다. 통通은 떨어져 있는 상태를 연결해주는 도구다. 사람 사이가 소疏의 상태에 머물면 마음은 멀어지고 관계는 불편해진다.

소疏의 상태는 불통이다. 사람 사이가 통通의 단계로 이어질 때 멀어져 있는 마음은 가까워지고 관계는 편안해진다. 통通의 산물은 소통이다. 멀어져 있는 상대방의 마음을 움직여 내 마음과 통하게 하는 것이 소통이다.

상대방의 마음을 사로잡는 소통을 하기에도 바쁘고 힘든 세태다. 좋은 관계를 회복 불가능한 최악의 관계로 만드는 화법을 밥 먹듯 하는 사람이 지천이다.

으름장이 난무하는 세상이다. 으름장을 놓는 사람으로 으름장을 당하는 사람으로 살아간다. 무서운 말이나 행동으로 남을 위협하는 짓들이 장마철 봇물 터지듯 한다. 으름장은 남에게 어떤 일을 행하도록 을러대며 위협하는 협박이고, 상대를 힘으로 억박질러 공포를 느끼게 하는 공갈이다. 상대방을 엄포로 굴종시켜 쥐락펴락하고 싶은 마음에서 나오고, 이 과정에서 이해관계의 상충이 빚어낸 부정적인 행태의 본보기다.

어떤 일이 내 의지대로 성사되지 않을 우려가 보이면 으름장을 날벼락치듯 행한다. 으름장은 악에 받쳐 상대방의 입장을 헤아리는 이타심이 눈곱만큼도 없는 감정이고 사람의 도리에 어긋나는 패악이다. 으름장은 몰인간성을 드러내는 백미다.

으름장은 의식과 무의식의 경계를 넘나들며 나타나는 비열함이다. 부모와 자식 간에, 직장상사와 부하직원 간에, 선생과 학생 간에, 나이 많은 사람과 나이 적은 사람 간에, 부부와 친구 간에 시도 때도 없이 자행되는 으름장을 보며 산다.

권력이 있고 직급이 높거나 나이가 많은 사람에게서 비수가 되는 모진 말을 들은 사람의 일상은 하루하루가 피를 말리는 고통이고 마음은 숯덩이처럼 새까맣게 타들어가 지옥이 따로 없다. 으름장을 당한 사람은 자신감이 한풀 꺾여 매사 의욕이 떨어지고 의기소침해져 세파를 견디며 살아갈 힘을 잃게 된다.

인생을 황폐화시킬 만큼 치명적인 언어폭력이고 웬만한 맷집이 없으면 버티기 힘들다. 으름장은 사람이기를 포기한 인간 말종이 보여주는 행태이고, 상대방과의 관계를 단절시키고 파멸로 이끄는 최악의 처신이다.

으름장은 상대방을 농락하고 싶은 마음의 발로다. 살면서 겪는 문제와 갈등을 으름장으로만 해결할 수는 없다. 으름장은 으름장을 낳고 소통의 악순환으로 이어진다. 으름장에는 당하는 사람의 심정을 알아주려는 마음과 배려가 티끌만큼도 없다.

으름장이 넘쳐나는 조직과 가정에서 사람 냄새, 신뢰, 애정, 따뜻함을 만나기는 요원하다. 으름장은 상식보다 힘의 논리로 상대를 이겨 욕구를 채우고 싶은 마음에서 시작되는 비인간적인 소통법이다. 으름장으로는 상대방의 마음을 사로잡지 못하고 마음의 거리만 넓힐 뿐이다.

살다 보면 화나고 속상한 일로 분노가 활활 타오르고 분노는 으름장으로 표출된다.

톨스토이는 "분노를 억제하는 가장 좋은 방법은 분노가 활활 타오르는 것을 느낄 때 자기 몸을 꾹 누르고 아무것도 하지 않는 것이다. 움직이거나 말을 하면 안 된다. 만일 육체나 혀에 자유를 준다면 분노는 점점 더 커지게 된다" 라고 말한다.

분노에서 싹트는 으름장은 백해무익이다. 화로 생성된 분노 호르몬은 통상 15초면 사라진다고 한다. 분노가 치밀어오를 때 15초를 견디면 후회할 일이 줄어든다.

으름장으로 채워지는 일상은 잿빛 먹구름이 낀 하늘을 닮아 우울하고 삭막하다. 으름장을 당해 생기는 마음의 상처는 칼로 입힌 상처보다 깊고 오래가며 삶을 무기력하게 만들 만큼 무섭다. 나의 일상에 상대방을 으름장으로 제압하려는 사악한 마음은 없는지 뒤돌아본다.

듣기 근육을
키워라

소통은 '트다疏'와 '연결하다通'라는 뜻이다. 서로의 생각을 주고받으며 마음을 연결하는 일련의 과정인 셈이다. 삶에서 일의 중심에 사람이 있고 타인과의 관계가 중요한 만큼 소통의 가치는 매우 크다. 그래서 누구나 소통을 강조하는데 불통 때문에 힘들다며 이구동성으로 야단법석을 떠는 것을 보면 아이러니하다.

소통 전문가들은 불통의 원인을 상대방이 하는 말을 잘 듣지 않는 데서 찾는다. 소통에서 중요한 것은 잘 들어주는 것이고 가장 중요한 것은 겸손하게 듣는 것이라고 한다. 소통의 핵심은 경청과 공감이라는 얘기다. 박원순 서울시장도 경청의 중요성을 강조한다.

"단순히 듣는 걸 '청聽'이라고 합니다. 그런데 듣는 것만으로는 진짜 소통을 하기는 부족합니다. 그래서 더욱 잘 듣기 위해 상대의 말에 귀를 기울여 경청傾聽을 합니다. 그런데 귀 기울여 듣는 것으로도 부족하다고 생각합니다. 상대를 공경하는 마음이 없다면 아무리 열심히 듣는다 한들 그저 지나가는 작은 소리로밖에 여겨지지 않을 겁니다. 그래서 경청傾聽을 넘어 경청敬聽하려 합니다."

경청은 귀를 열고 말을 듣는 것만이 아니라 존경하는 마음으로 가슴에 새겨듣는 것임을 알 수 있다. 소통을 잘하려면 말 잘하는 사람보다 잘 들어주고 잘 맞장구쳐주는 사람이 되어야 하는데 말처럼 쉽지 않다. 우리 부부는 주말에만 만난다. 그래서 만나면 한 주간에 있었던 이런저런 일들을 이야기하기 바쁘다. 상담자와 내담자의 역할을 번갈아 하며 소통한다.

그런데 아내가 이야기할 때 보면 이상하게도 목소리가 점점 커진다. 내가 아내의 말에 집중하지 않고 건성으로 듣다 보니 아내는 '제발 내 말 좀 들어 달라' 는 신호를 목소리 높이는 것으로 보냈던 것이다.

아내가 목소리 톤을 높였는데도 눈치 없이 딴짓을 하며 듣지 않으면 아내는 "그만 말할래" 라는 단절로 속상한 감정을 전한다. 이쯤 되면 부부 사이가 순식간에 온정적인 관계에서 냉소적인 관계로 바뀐다. 소통은 갈등으로 인한 비용을 최소화하고 공감이라는 시너지를 최대화하는 도구라는 사실이 절절히 와 닿는다.

소통할 때 상대방의 목소리가 자꾸만 커지면 '액티브 리스닝' 에 문제가 있다는 징후다. 잘 들어만 줘도 아내가 만족할 텐데 나는 들는 것도 제대로 못 하니 경청 수준까지 가려면 한참 멀어 보인다.

소통을 할 때 듣기는 상대방에 대한 최소한의 예의다. 상대방이 이야기하는데 듣지 않는 것은 상대방을 무시하는 행위와 같다. 소통에서 말하기를 우선시하고 듣기를 소홀히 하면 상대방과 공감하기 어렵다. 공감은 다른 사람의 감정, 신념, 태도를 정확하게 포착하고 전달할 수 있는 능력을 말한다.

듣기를 잘하려면 공감적 소통이 필요하다. 심리학에서는 공감적 소통을 '상대방의 내적 준거체제를 가지고 그 사람의 생각과 감정을 이해하면서 소통하는 것'으로 정의한다. 상대방의 마음을 사로잡는 듣기는 상대방의 감정을 정확하게 포착하고 그 느낌을 표현하는 것이 어떤 결과를 초래할지 판단할 수 있는 공감능력을 갖춰야 가능하다.

컨설턴트 토마스 츠바이펠은 "가슴이나 어깨 근육처럼 듣는 근육도 훈련을 할수록 발달한다"라고 한다. 나도 아내와 이야기 나눌 때 눈을 맞춰주고 고개를 끄덕여 주는 것으로 듣기 근육을 단련시켜야겠다.

따뜻한
말 한마디

최근 나는 내게 영향력을 끼치는 분들 중 한 분에게서 삶을 송두리째 뒤흔들만한 독설을 들었다. 전화기 너머에서 쏟아지는 욕설에 정신이 혼미해지고 마음이 아득해졌다. 나에게 미미한 영향을 끼치거나 그저 아는 사람의 막말에도 며칠이 힘든 법인데, 내게 중요한 어른들 중 한 분이 퍼부은 독설로 그동안의 삶이 뿌리째 뽑히는 느낌이었다. 울분이 치밀어 일이 손에 잡히지 않았고 혼이 나간 사람처럼 허방을 짚으며 사는 듯 정신을 차릴 수가 없어 일상이 뒤죽박죽되었다.

지지나 격려는 더욱 열심히 살아야겠다는 의욕이나 용기를 주는 반면, 비난과 독설은 관계의 단절을 가져오고 삶에 대한 희망을 꺾어버린다. 질책은 상대방이 자신의 의도대로 변화하기를 기대하며 윗사람이 아랫사람에게 하는 꾸지람이고, 비난과 독설은 자신의 의도대로 따라주지 않는 상대방에게 퍼붓는 언어폭력이다.

우리는 살면서 많은 사람에게 상처를 받기도 하지만 위로받고 힘을 얻기도 한다. 우리는 어렸을 때는 부모로부터, 청소년기는 교사로부터, 성인이 되어서는 직장상사로부터 특히 많은 영향을 받는다.

어렸을 적 부모님의 지지와 격려는 자존감을 세워주고, 학교에서 선생님의 칭찬이나 인정은 자신감을 키워주며, 직장에서 상사의 인정이나 칭찬은 자신이 하는 일에 자부심을 갖게 한다. 반면 이들로부터의 반복적인 질책이나 비난, 독설은 관계를 단절하게 만들고 삶을 좌절과 우울의 나락으로 밀어넣는다.

칭찬은 고래도 춤추게 한다는 것을 알면서도 행해지는 질책이나 비난, 독설은 자신이 옳다고 믿는 가치에서 비롯된 기대치에 상대방이 미치지 못할 때 표현되는 사악한 감정이다. 아들이 무조건 외향적이고 또래 속에서 대장 노릇 하기를 기대하는 부모에게, 방에 틀어박혀 독서만 하는 아들은 예쁘게 보이지 않는다.

어른들이 시키는 대로만 해서 높은 성적을 올리는 것이 학생의 본분이라고 생각하는 교사에게 기발하고 엉뚱한 질문이 많고 성적도 좋지 않은 학생이 인정을 받기는 하늘에서 별 따기만큼 어렵다.

성공한 자식의 모습이란 커다란 차를 굴리며 고향에 나타나 돈을 흥청망청 뿌려대는 일이라고 믿는 노부모에게 검약하며 사는 자식의 모습은 돈을 펑펑 쓸 줄 모르는 좀생이 같아 못마땅하다. 완벽한 일 처리를 기대하는 상사에게 직원의 작은 실수는 용납할 수 없는 비난거리다. 맞벌이는 외벌이에 비해 두 배 이상 넉넉하게 쓸 돈이 있다고 믿는 동생에게 기대치만큼 경제적 도움을 주지 않는 맞벌이 형은 이기적인 인간으로 취급받는다.

상대방에 대한 지지나 인정, 격려는 상대방에 대한 내 안의 기대치를 내려놓고 상대방을 있는 그대로 바라봐줄 때 표현되는 따뜻함이다. 작가 공지영은 《괜찮다, 다 괜찮다》에서 이렇게 말했다.

"내가 걔한테 해준 말은 딱 한 가지밖에 없었어요. '너는 예쁜 애고 너는 정말 귀했고, 엄마가 널 임신했을 때 얼마나 기뻤는 줄 아니? 그리고 네가 나왔을 때 우리가 널 얼마나 예뻐했는지 아니? 너는 기억도 못 하겠지만 그 많은 사람들이 너를 사랑했다' 고 했죠. 그러니까 애가 변하기 시작하더라고요. 사람을 변화시킬 수 있는 것은 한 가지라는 사실을 알았어요. 지지와 격려만이 사람을 변화시킬 수 있는 것 같아요."

말씨

말은 생각과 감정의 산물이다. 말을 하는 태도나 버릇을 곰씹어 보면 성품과 마음씨가 보인다. 말에서 드러나는 독특한 방식이나 어투로도 사람됨이 가늠된다. 말씨만 예뻐도 호감이 가고 기분이 좋아진다. 부정적인 말씨에 비아냥거리는 어투까지 겹친 사람과 함께하는 시간은 고통이다.

사르트르는 "나는 내가 말하는 것으로 존재한다"라고 했다. 말씨는 언격이고, 언격은 인격으로 승화된다.

얼마 전 우리 부부는 팔순이 넘은 노부부를 모시고 식사를 했다. 식사 도중 어르신이 부인에게 무심코 부른 "어이!"라는 호칭에 부인이 속상함을 내비치셨다. '여보', '당신', '누구 엄마'라는 듣기 좋은 말도 많은데 '어이'라는 호칭을 쓰는 심보를 이해할 수 없다며 불편한 심기를 토로하셨다.

호칭은 타인과 구별되는 자의식을 결정하고, 상대방의 가치를 어떻게 평가하고 있는지 나타내는 바로미터다. 차동엽 신부는 이렇게 말한다.

"아내가 남편을 향해 생각 없이 '아이구~ 웬수 덩어리' 하면 정말 남편이 '웬수' 가 되고 만다. 대신 '복덩어리' 라고 이름을 붙여주면 실제로 '복덩이 남편' 이 된다. 자녀에게 '너는 대기만성형이야~' 라고 불러준다면 평범한 아이도 큰 자신감으로 긍정적인 미래를 설계 해나갈 수 있을 것이다. '에고, 우리 못난이' 보다는 '아이고, 우리 예쁜이' 라는 표현이 기를 살려주는 말씨다."

말의 결과는 냉엄해서 어떤 예외성도 허락하지 않는다. 긍정의 말은 긍정적인 결과를 잉태하고, 부정의 말은 부정적인 결과를 잉태한다. 속상한 마음을 꺼낸 부인에게 어르신은 통박으로 입막음을 한다. 키도 작고 못생긴 외모에 나 같은 남자와 결혼한 걸 영광으로 여기라거나, 연금 받는 남편과 사는 걸 호강으로 알라고 한다. 평생 삼시 세끼 지극 정성으로 챙기는 공도 모르고 서운한 말만 한다고 부인이 마음 상해하니 여자가 밥하는 것은 당연한 의무이지 생색낼 일이 아니라며 또 통박을 준다.

어르신이 잠시 자리를 비운 사이 부인은 우리 부부에게 하소연하셨다. 자식 여럿 낳아 잘 키우고, 알뜰하게 살림 꾸려 번듯한 가정 일군 사람에게 고맙다는 말은 고사하고 서운한 말만 골라서 하니 삶이 덧없어지고 우울해진다고 하셨다. 우리 부부에게는 따뜻한 덕담도 참 잘하시는 어르신인데, 가장 소중한 아내에게 함부로 대하는 모습을 보니 안타까웠다.

미국 심리학자 엘마 게이츠는 이렇게 말했다.

"우리가 평상시 말을 할 때 만들어지는 침은 무색의 침전물이다. '사랑한다'는 말을 많이 한 사람의 침전물은 분홍색이다. 그런데 욕을 많이 하고 난 후 침을 추출하면 갈색 침전물이 나온다. 더 놀라운 점은 갈색 침전물을 실험용 쥐에게 투여했더니 금방 죽었다."

말은 운명을 결정짓는 핵심 변수의 하나다. 사람이 말을 만들고, 말이 사람을 만든다. 언어 프레임인 말 틀은 의식을 지배한다. 말 틀이 바뀌면 사람의 의식과 생각이 바뀌고 품격도 바뀐다.

사람의 마음은 도자기를 닮아 툭 치면 쉽게 금이 가거나 깨진다. 팔순이 넘도록 해로하신 부부도 서운한 말에 상처받기는 마찬가지다. "입술에 30초 동안 머문 말이 가슴에 30년 동안 머문다"라는 말이 있다. 상대방에게 거부감을 주지 않고 기분 좋게 하는 말씨와 어투가 우호적인 관계를 만든다. "말이 고마우면 비지 사러 갔다가 두부 사온다"라는 속담은 마음을 훔친 좋은 말의 본보기다.

목욕

얼마 전 팔순이 넘으신 장인어른과 첫 목욕을 다녀왔다. 샤워 시설이 변변찮은 주택에서 거동이 불편하신 장인어른을 씻겨드리는 장모님의 힘듦을 아내는 늘 걱정했다. 아내가 장인어른과 목욕을 다녀오면 어떻겠냐고 몇 차례 물어왔지만 선뜻 대답하지 못했다. 지금껏 한 번도 보여드린 적 없는 부실한 내 알몸을 드러내야 하는 부끄러움과 두려움이 한몫했다. 주택의 추운 목욕탕에서 고군분투하실 어른들을 떠올리자 용기가 났다.

장인어른과 나의 알몸 신고식은 첫 경험이라는 어색함도 무색하게 일사천리로 마무리됐다. 장인어른이 옷을 벗는 것도 거들어드리고 샤워와 머리를 감겨드린 후 온탕에 들어가 나란히 앉았다. 장인어른과 많은 이야기를 나누지는 않았지만 '개운해서 좋다'는 표정과 '함께 와줘 고맙다'는 마음이 물 온도만큼 따스하게 전해졌다.

장인어른이 불편하실까봐 몸을 씻겨드리는 것은 목욕관리사의 도움을 받았다. 오십 중반이 되도록 나는 내 면도만 했지 타인의 면도를 해준 경험이 단 한 번도 없다. 장인어른의 입과 턱 주변에 비누를 칠한 후 수염의 결을 찾아가며 조심조심 면도를 해드렸다.

김미경 강사는 "자기 효용감을 느끼는 즉시 사람들은 살아 있는 것처럼 살게 된다. 사람은 누구나 다 남에게 인정받을 때, 내가 쓸모 있는 사람이구나라는 생각이 들 때 살아 있다는 느낌이 든다. 살아 있다는 느낌은 또 다른 삶을 위해서 사람을 뛰게 만든다"라고 말한다.

아내는 '상대방이 하지 못하는 것을 해주는 것', '상대방이 필요로 하고 원하는 것을 해주는 것' 이 진정한 배려라며 장인어른과 목욕 다녀온 것에 고마운 마음을 전한다. 좋은 경험이 습관이 되면 삶을 충만하게 만드는 변곡점이 될 가능성이 크다. 장인어른과의 목욕 경험과 추억은 내 인생의 변곡점이고 축복이다. 그동안 장인어른이 내게 베풀어주신 한없는 지지와 사랑을 떠올리면 더욱 그렇다.

장인어른과 목욕했던 시간은 묵은 때를 씻어내는 것보다 내 마음 속 깊이 자리하고 있던 나눔, 배려, 사랑의 인색함을 씻어내는 값진 시간이었고, 내 인생에서 잊을 수 없는 '휘겔리hyggeligt' 한 경험이었다. 장인어른의 머리를 말려드리며 만졌던 삶의 훈장 같은 백발은 먼 훗날 내 모습이다. 요즘 장인어른과 목욕하는 날을 기다리는 것만으로도 행복하다.

장인어른의 여윈 몸은 시간이 할퀴고 간 긴 세월을 버텨내고 이겨내신 흔적으로 다가왔다. 작가 김훈은 오래 병석에 누워 계셨던 아버지의 아래를 가끔씩 살펴드렸고, 아래를 살필 때 아버지도 울었고 자신도 울었다며 아버지를 회상한다. 나는 생전에 아버지의 아래를 살펴드리지 못했고, 야윈 몸조차도 씻겨드리지 못했다. 죽음으로 맞이한 싸늘한 몸을 만지고 쓸어내리며 울었을 뿐이다.

작년 유월에 영면하신 아버지께 알몸 신고식조차도 엄두를 못내 죄송스럽고 그 두께만큼 그립다. 서툰 부모가 정말 부모다운 부모가 될 때까지 기다려주는 자식과, 서툰 자식이 자식다운 자식이 되도록 기다려주는 부모가 되기를 꿈꾼다. "아들이 아버지를 온전히 이해하려면 아버지의 나이가 되어야 하는 모양이다" 라는 김훈의 말이 가슴에 오래 머문다.

최근 '안락함' 을 뜻하는 '휘게hygge' 열풍이 일상에 파고든다. '포옹하다' , '받아들이다' 라는 뜻의 노르웨이말 '후게hugge' 가 덴마크로 넘어가 '휘게' 가 되었다고 한다.

토마스 리만 주한 덴마크 대사는 "작은 것에도 감사하고 만족하는 마음, 물질에 얽매이지 않고 단순하게 사는 기쁨, 이런 것들이 다 휘게에 포함된다" 라고 말했다.

묻지 않아도
답해야 한다

얼마 전 시외버스를 탔는데, 한 아가씨가 급하게 차를 타면서 기사에게 "승차권을 인터넷으로 예매했는데 어떻게 해야 돼요?"라고 묻는다. 버스기사는 손님의 다급한 물음과는 대조적인 표정과 별걸 다 묻는다는 어투로 "모르겠는데요"라고 짧고 무미건조하게 답한다. 버스기사의 말이 끝나기가 무섭게 차에서 부리나케 내린 아가씨는 출발 직전에 차에 오르며 "아저씨, 모른다고 하시면 안 되지요. 어떻게 그럴 수 있어요?"라며 불편한 심기를 쏘아붙인다. 버스기사는 "처음이라 진짜 모르는데⋯⋯" 혼자 중얼거리며 말꼬리를 흐리는 것으로 답을 대신한다. 손님이 묻는 것에 제대로 답하지 못해 주눅이 든 버스기사의 모습이 아직도 아른거린다. 주변을 둘러보면 물어도 제대로 답하지 못하는 사람이 의외로 많다.

소통의 묘미는 묻고 답하는 데 있다. 개인이나 조직이든 갈등을 줄이기 위해서는 제대로 묻고 제대로 답하는 소통이 필요하다. 상대방이 묻는데 제대로 답을 하지 못하면 업무의 효율성이 떨어지고 오해와 불신이 생기며 불편한 관계를 만든다.

상대방이 묻는 말에 제대로 답을 하기 위해서는 말에 담긴 숨은 의미까지 알아채는 것이 중요하다. 상대방이 말하는 의도를 읽어야 제대로 답하는 것이 가능하다. 제대로 답한다는 것은 말하는 이가 듣고 싶어하는 말을 할 줄 안다는 것이다.

소통은 묻는 것만 답하는 것으로는 한계가 있다. 진정한 소통은 상대방이 묻지 않아도 말할 줄 아는 데 있다. 최근 큰 수술을 두 번이나 받고 회복 중인 장인어른께 바람이라도 쐬어드릴 겸 장모님을 모시고 아내와 함께 나들이를 다녀왔다. 오고 가는 내내 장모님과 아내만 이야기꽃을 피웠고 나는 가끔씩만 반응했다.

이런 소통 탓인지 특별히 기분 나쁘거나 틀어질 만한 일도 없었는데 돌아오는 차 안의 분위기가 조금씩 가라앉고 싸늘해졌다. 불편한 분위기를 아내도 감지했는지 집에 도착하자마자 서운한 마음을 전한다.

"어른들을 모셨으면 할 말이 없어도, 말을 하고 싶지 않아도 그분들이 사위 눈치 보지 않고 불편하지 않을 만큼은 말을 하는 것이 사위로서의 기본 도리이며 예의"라고 말한다. 아내의 충고가 아니어도 어른들을 배려하지 못한 소통이 내내 마음에 걸려 그날 나는 쥐구멍을 찾아야 했다.

평소 숫기가 없고 수줍음을 타 말수가 적은 사람도 상대방이 누구인지, 장소와 상황에 따라서는 수다를 떨 수 있어야 한다. 살다 보면 서먹서먹하고 냉랭한 분위기를 화기애애한 편안함으로 바꿔주는 '비논리적인 수다'가 안성맞춤일 때도 있다.

건국대 하지현 교수는 "침묵을 잘 잡아내서 해석하고, 또 대화 도중의 침묵을 유용하게 사용할 줄 아는 능력은 소통의 흐름에서 아주 좋은 역할을 한다"라고 말한다.

처갓집 어른들과 같은 공간에 있으면서도 따뜻하고 부드러운 말 한마디로 편안하게 해드리지 못하고 침묵의 고통과 심기 불편함을 안겨드려 죄송한 마음만 키웠다.

"도대체 내 속에 있는 내가 누구인지 알 수가 없다. 남을 사랑하다가도 미워하고, 욕심을 다 비운 척하다가도 가득 채우는 나. 잠들기 전에 용서하겠다고 결심해 놓고는 아침에 일어나서 분노의 불길에 다시 휩싸여버리는 나. 나를 바로 보려고 노력하는 것보다는 아예 그 노력을 포기하는 게 더 낫다고 여기는 나."

정호승 시인의 글이 소통을 할 때 변덕을 떠는 내 모습을 꼬집는 듯하다.

불안감
조성하는 남자

삶은 결코 편안함으로만 채워지지 않는다. 누구의 삶이든 한 꺼풀 벗기면 불안이 묻어난다. 이것이 삶이고 삶의 묘미다. 불안은 기대치와 현실 사이의 간극을 견디지 못해서 생기는 정서다. 인생은 상처투성이의 불안을 치유하는 과정이고 불안을 편안함으로 바꿔가는 과정이다. 작가 정진홍은 이렇게 말했다.

"불안하지 않은 사람은 없다. 다만 그것에 휘둘리느냐 그렇지 않느냐의 차이가 있을 뿐이다. 불안은 사람을 조심하게 만들고 때론 돌파구를 찾도록 독려하는 자극제다. 불안을 극복하려는 노력에서 우리 삶의 놀라운 에너지가 분출하는 것이다."

불안의 씨앗에 진화의 에너지가 내재되어 있음은 삶의 희망이다.

나에게는 이상한 버릇이 있다. 가족이 내 차만 타면 "문 쪽에서 삐거덕거리는 소리가 나네", "기름이 떨어질 것 같아", "엔진 소리가 이상한데?" 등 차가 고장을 일으킬 것 같은 불안감을 조성하는 말들을 하는 것이다. 가족이 내 차를 탈 때마다 시작되는 나의 불안감 조성에 아내는 이해불가라며 혀를 찬다. 차 상태와는 무관하게 매번 행해지는 불안감 조성 주술에 기가 막혀 한다.

나의 습관을 간파하기 전에는 나의 주술에 휘말려 소풍을 떠나는 즐거운 마음은 온데간데없고 차가 고장 날지도 모른다는 불안감이 엄습하며 마음이 흙탕물이 되었다고 한다. 아들이 어렸을 적에 내 차를 타면 "아빠, 기름 있어요?", "차 괜찮아요?" 하고 먼저 걱정을 했다니 내가 조성하는 불안감이 어느 정도였는지 가늠이 된다. 아들이 어른이 된 지금 완벽하지 않으면 조급해하고 매사 너무 조심하는 성향은 차만 타면 불안감을 조성하는 내 탓이 클 거라며 아내는 속상해한다.

뇌는 좋은 감정보다 익숙한 감정과 언어를 선호하는 듯하다. 상대방을 불안하게 만드는 언어 습관에서 아직도 벗어나지 못하고 있으니 말이다. 습관에서 빠져나와야 새 패러다임이 열린다. 작가 김홍신은 서로 부딪쳐서 더 아름답거나 좋은 것을 만들어내는 작용을 '충돌의 미학'으로 표현한다. 거칠게 깨뜨린 돌멩이를 한데 넣어 계속 충돌시키면 모난 부분은 부서지고 결국 예쁜 조약돌이 된다는 것이다. 보석을 가공할 때 원석과 도구가 충돌해서 영롱한

광채를 발하는 보석이 만들어지는 것도 같은 원리라는 얘기다.

차 안에서 종종 일어나는 아내와의 '생각 충돌'이 마음의 거리를 좁혀주고 생각이 진화하는 깨알 행복을 느끼게 해준다. 가까운 사이일수록 상처가 되는 말, 기를 꺾는 말, 멀어지게 하는 말을 피하며 살아야 된다고 한다. 아내에게 불안감을 주는 말로 나쁜 기를 많이 준 것 같아 미안해진다.

"무엇을 원하는지 서로 잘 알지만 내가 원하는 게 더 중요해서 대화가 잘 될 수 없는 사이가 이 세상엔 어쩌면 더 많을 것 같다"라는 김소연 시인의 말이 와 닿는다.

요즘 나는 운전대를 잡으면 진지해진다. 차 안에서 불안감을 조성하는 말을 아내에게 하지 말아야지 다짐하는 나름의 의식인 셈이다. 며칠 전에도 차를 타고 출발하며 나도 모르게 목구멍까지 올라온 불안감 조성 주술에 화들짝 놀라 꿀꺽 삼키며 웃음이 났다. 진화론의 창시자 찰스 다윈의 "잘못을 고치는 것은 그 자체로 위대한 진화다"란 말에 용기를 얻는다.

산사의 향기

아내가 남도 해남에 자리한 고찰 미황사 템플스테이에 다녀왔다. 학생들 인솔 자격이긴 하지만 산사 체험을 꼭 해보고 싶었는데 소원을 이루게 되었다며 좋아했다. 산사 도착 직후 아내에게서 문자 한 통이 왔다. 체험기간 동안 휴대폰을 갖고 있지 못한다는 메시지였다. 해외여행을 가도 언제 든 맘만 먹으면 듣고 싶은 사람의 목소리를 들을 수 있는 세상에서 연락의 단절이 주는 감정은 묘했다. 이별이나 사별의 아픔에는 어림없겠지만 그래도 연락을 취하지 못하는 것과 연락을 하지 않는 것의 간극은 컸다. 작가 송정림은 이렇게 말한다.

"서로 연락이 닿을 수 있는 기쁨, 서로 소통이 되는 기적, 서로 만날 수 있는 설렘. 우리가 함께한다는 사실, 그것은 그렇게 믿을 수 없을 만큼의 기적이고 행운이다. 사랑하느라 고생하는 것이 인생이다. 나로 하여금 사랑하게 해준 당신, 나를 사랑해준 당신, 정말 고맙다.”

아내의 눈길, 손길, 마음길이 새삼 고맙다.

템플스테이에서 돌아오는 날 아내는 우리 가족 카톡방에 “아들, 딸이 태어난 날과 가족이 함께하는 시간 다음으로 행복한 시간 보내고 올라갑니다.”라는 문자로 산사 체험의 행복감을 고스란히 전했다.

아내는 학교 적응에 어려움을 겪는 고등학생들과 함께 템플스테이를 했다. 아이들의 핸드폰을 수거하는 것으로부터 산사 체험은 시작되었단다. 핸드폰을 압수당하자 ‘괜히 왔다’는 욕설 섞인 불만을 쏟아내며 요지부동으로 아무것도 변할 것 같지 않던 그 남학생들이 아름다운 달마산과 다도해의 품 안에 자리한 천년고찰 미황사에서 순한 양으로 변하는 기적(?)을 보았다며 놀라워했다.

아내는 아이들의 마음을 움직인 힘을 템플스테이를 운영하는 분들의 ‘사람 대접’에서 찾았다. 천년 고찰에서 묵는다는 엄숙함, 기도하고 성찰하는 시간이 주는 경건함, 아름다운 풍광이 선사하는 행복감 등 여러 요인들이 아이들 본래의 순수함을 되찾게 했지만, 그 무엇보다도 아이들을 변하게 한 것은 극진히 사람 대접 해주는 그분들의 따뜻한 사랑이 아이들 가슴에 채워져 아이들의 태도가 변했다는 것이다. 산사에 머무는 짧은 시간 동안 아이들의 언어가

순해지고 타인을 배려하는 마음이 생기게 된 것은 자신을 사람 대접 해주신 분들에 대한 예의와 답례일 거라고 아내는 믿는다.

　사람의 마음은 누군가의 진정성 있는 사람 대접과 인정에 반응하고 반한다. 상대방을 사람 대접 하려면 그 사람 마음과 입장으로 들어가야 한다. 내 쪽에 서서 그 사람을 보면 방법이 보이지 않지만 그 사람 쪽에 서서 보면 방법이 보이기 때문이다. 사람 대접 하고 인정해주는 마음은 좌지우지가 아니라 역지사지하는 마음에서 나온다.

　공자는 "내가 원하지 않는 것은 남에게도 베풀지 마라己所不欲 勿施於人"라고 말한다. 《중용》에서도 "나에게 베풀어보아 원하지 않는 것은 남에게도 베풀지 말라施諸己而不願 亦勿施於人"라며 타인의 마음을 이해하는 방법을 강조한다.

　살면서 누군가를 비난하고 비판하기 전에 먼저 그 사람의 마음을 이해하게 되면 그 사람의 마음을 얻게 되고, 마음을 얻게 되면 그 사람을 얻게 된다. 타인의 입장에 서서 생각하기는 평생 해야 할 인생 공부다.

소통에도
다이어트가 필요하다

사람은 하루 평균 2,500번의 커뮤니케이션을 하면서 지낸다. 누구나 깨어 있는 시간의 70퍼센트를 소통하며 살만큼 말이 많은 세상이다. 살다 보면 말을 못 해서가 아니라 말을 함부로 하는 것이 더 큰 문제인 경우를 접하게 된다. 지금처럼 인터넷이나 SNS를 통한 소통과 공유가 원활한 시대에는 하지 못하는 말보다 하지 않아야 좋은 말들이 넘쳐난다. 삶을 제대로 잘 살기 위해서는 외모에 대한 다이어트 못지않게 소통과 말에도 다이어트가 필요하다.

소통은 상대방과 마음을 주고받는 과정이다. 소통에 문제가 생기면 내 마음을 전하기도 어렵지만 상대방의 마음을 받기는 더 어려워진다. 마음 주고받기를 제대로 하려면 '하지 않아야 좋은 말'과 '쓸데없는 말'을 줄이는 다이어트가 필수다. 계명대 박민수 교수는 "파괴적인 커뮤니케이션은 통렬하게 비판하거나, 저격수와 같이 냉혹하게 말하거나, 말을 중간에서 잘라버리고 사람을 찍어 누르는 것"이라고 설명한다.

누구든지 날카롭고 딱딱하고 매정하게 말하는 사람을 좋아하지는 않는다. 이런 소통법은 상대를 불신하고 적으로 간주해서 상처주기가 쉽다. 파괴적인 화법을 쓰는 사람과 함께 일을 하면 팀워크에도 해가 될 것은 자명한 일이다.

소통할 때 '말을 쓸데없이 많이 하는 것'도 다이어트 대상이다. 이화여대 김미현 교수는 말을 쓸데없이 많이 하는 경우는 두 가지라고 말한다.

"하나는 무엇을 말할지 몰라서 더 많은 말을 하는 경우다. 누구에게나 좋은 사람은 아무에게도 좋은 사람이 아니듯이, 이때의 말은 풍요 속의 빈곤에 가까워 헛헛하다. 또 하나는 무엇을 말하지 않기 위해 다른 말들로 숨기는 경우다. 진짜 좋아하는 사람이 들통날까봐 애꿎은 사람과 친한 척한다면 이때의 말은 빛 좋은 개살구여서 실속이 없다."

이처럼 '몰라서' 혹은 '숨기려고' 오고 간 많은 말들은 마음 주고받기에 부적합하다. 살면서 '필요한 말을 하는 것'만큼 '필요 없는 말을 하지 않는 것'도 소중하다.

소통 다이어트를 성공하려면 뇌를 장악해야 한다. 약 130억 개의 세포로 이루어진 1.5킬로그램의 뇌는 상대방이 적인지, 친구인지를 0.07초면 판단한다고 한다. 뇌의 전전두엽은 '신뢰'를 관장하는 영역이고, 뇌의 편도체는 '불신'을 관장하는 영역이다.

상대방을 마주할 때 두렵고 불안하고 위협을 느끼면 불신을 관장하는 편도체가 활성화된다. 상대방이 적으로 판단되어 불신이 생기면 달아나거나, 싸우거나, 죽은척하라고 몸에 지시하게 된다. 이렇게 되면 상대방을 배려하는 것이 아니라 자신을 지키는 데 집중하게 된다고 한다.

우리가 소통 다이어트에 희망을 걸 수 있는 것은 전전두엽과 편도체가 주인과 노예의 관계라는 점이다. 한쪽이 주인이 되면 다른 쪽은 노예가 된다는 것이다. 내가 상대방을 신뢰하게 되면 불신의 마음은 자리 잡을 수 없고, 내가 상대방을 불신하게 되면 신뢰의 마음을 갖기가 어렵게 된다는 것이다.

소통을 잘하기 위해서는 뇌의 편도체에서 관장하는 불신의 마음과 말들을 다이어트해야 한다.

세계적인 커뮤니케이션 전문가인 주디스 E.글레이저는 "리더가 직원의 신뢰와 공감을 얻으려면 먼저 불안과 두려움을 잠재워야 한다. 그리고 성과를 얻고 싶다면 직원의 마음을 먼저 돌봐줘야 한다"라고 말한다. 상대방의 마음을 얻고 싶다면 신뢰를 관장하는 전전두엽을 활성화시키고 볼 일이다.

소통은
반응이다

소통은 상대방과 관계를 맺는 통로다. 소통에 문제가 생기면 관계에 금이 가고 서먹서먹해진다. 소통의 통로가 막히면 관계에 동맥경화 현상이 생겨 심기가 불편해진다. 소통할 때 상대방의 입장을 보지 못하고 내 입장만을 고집하는 화법이 관계의 통로를 막는다. 또 남을 이기려는 마음과 상대방을 설득해서 많은 것을 얻어내려는 이기심이 소통의 통로를 막는 원인이 되기도 한다.

소통의 통로에 동맥경화 현상이 생기지 않게 하려면 소통할 때 좋은 반응을 보이는 것이 중요하다. 그런데 소통을 하면서 상대방에게 좋은 반응을 보인다는 것이 말처럼 쉬운 일은 아니다.

세상에서 가장 힘든 일 중 하나가 '사촌이 땅을 샀을 때 진심으로 축하해주는 일'이다. 나와 무관한 사람은 아무리 많은 땅을 사도 그저 그런데 사촌이 땅을 사면 배가 아프다. 그래서 나와 무관한 사람한테는 축하한다는 말이 후한데 나와 이해관계가 얽혀 있는 사람에게는 허심탄회하게 축하해주기가 어렵고 인색하다.

《대학》에 "다른 사람이 싫어하는 것을 좋아하고 다른 사람이 좋아하는 것을 싫어하는 것이야말로 사람의 본성을 거스르는 일이니, 그리하면 반드시 재앙이 자신에게 이르게 될 것이다"는 말이 있다. 소통은 상대방이 싫어하는 것과 좋아하는 것을 진심으로 공감해주는 일이 기본임을 알려준다. 소통은 내가 하고 싶은 말을 하기보다는 상대방의 말을 들어주고 공감해주는 것이 우선이다.

상대방에게 좋은 일이 생겼을 때 함께 기뻐하고 진심으로 축하해주는 반응이 소통의 통로를 넓히고 좋은 관계를 맺는 지름길이다. 그런데 주변을 보면 상대방이 자랑하는데 자신의 자랑거리로 응대해 기쁨을 희석시키거나 다른 사람에게 생긴 더 좋은 일을 들먹이며 찬물을 끼얹는 사람이 있다.

김 과장이 아들이 Y대 합격했다며 기뻐하는데, 옆에 있던 이 과장이 "아무개 님 아들은 S대 합격했대요" 한다. 박 대리가 어렵게 집 장만을 해서 새집으로 이사했다며 떡을 돌리는데 최 대리가 "몇 평으로 가요? 그 평수는 좀 좁을 텐데……. 아무개 집은 널찍하니 좋더라고요"라는 말로 분위기를 썰렁하게 만든다. 이처럼 소통에서 이해관계가 얽힌 사이일수록 좋은 일에 공감해주기가 안 돼 상대방과의 관계에 상처만 남긴다.

아무개가 대기업에 입사했다고 하면 "요즘 취업하기가 하늘의 별 따기만큼 어렵다고 하던데 대단하다"라고 축하해주는 것이 좋은 반응이고 좋은 화법이다. "대기업 들어가면 일도 엄청 힘들고 40대 중반에 나와야 된다"라며 흠집을 내는 화법은 상대방의 기분을 상하게 하고 관계를 악화시킨다.

건국대 하지현 교수는 "사회적인 관계에서 특별히 기대하는 바가 없을 경우에는 상처받지 않지만, 기대하는 상대에게서 답이 없으면 상처받는다"라고 말한다. 가까운 사이일수록 상대방에게 일어난 좋은 일에 진심으로 축하해주는 공감의 언어가 필요하다.

상대방이 자랑을 할 때 "아, 그랬군요. 우와, 대단하네요! 기쁘시겠어요. 저도 기쁘네요. 조금 더 자세히 설명해주시겠어요? 참 좋은 일이네요"와 같이 상대방의 말을 받아주는 공감 언어를 구사하는 것이 좋은 반응이고 소통의 통로를 넓히는 화법이다.

좋은 반응과 공감은 돈 들이지 않고 이미지를 좋게 만들고 상대방의 마음을 얻을 수 있는 절호의 기회다. 자기 일에 기뻐해주는 상대방만큼 고마운 사람도 없으니 말이다.

소통의 맥은
질문하기다

인생은 정답 없는 문제를 풀어가는 과정이다. 정답이 없다 보니 삶의 여정이 불안하고 두렵다. 살면서 정답은 아니지만 최적의 대안을 찾게 되면 힘을 얻는다. 정답 없는 문제를 풀어야 하는 세상살이는 말도 많고 탈도 많다. 누구나 살면서 크고 작은 문제들을 풀기 위해 많은 사람들과 생각을 주고받는다.

대화와 소통이 동서고금에 회자되는 덕목으로 자리 잡은 데는 이유가 있다. 어떤 일이나 사물에는 꼼짝달싹 못 하게 만드는 맥이 있다. 토끼의 맥은 귀이고, 닭의 맥은 다리다. 사람을 꼼짝달싹 못 하게 만드는 맥은 상대방의 약점이 아니라 마음이다. 상대방의 마음을 아는 일이 대화와 소통에서의 맥이다.

상대방의 마음을 사로잡는 소통의 맥은 무엇일까? 바로 질문하기다. 대화할 때 질문을 잘 하기 위해서는 가르치려는 마음을 내려놓아야 한다. 가르치고 싶은 마음은 나만 옳고 내가 최고라는 오만

힘에서 나온다. 상대방의 입장을 배려하는 마음이 없어 갈등을 낳는다. 가르침을 주는 사람은 우월의식으로 기분 좋을지 모르지만 가르침을 받는 사람은 자존심이 상하고 불쾌할 수 있다. 소통에서 '가르치기 화법'은 상대방에게 지시와 강요로 느껴질 수 있기 때문에 멀리해야 한다. 소통을 할 때 가르치려는 마음이 앞서면 질문하기를 구사하기가 어렵다.

소통의 맥은 '가르치기 화법'이 아니라 '질문 화법'에 있다. 질문은 상대방의 생각과 마음을 읽기에 안성맞춤이고, 일 처리의 미흡함을 스스로 느끼게 해주는데도 금상첨화다. 의사소통의 고수들은 질문을 통해 스스로 잘못된 고정관념을 일깨우는 게 훨씬 효과가 있다고 믿는다.

리더는 대화 중 말하기보다는 질문을 던지는 데 집중해야 한다. 질문은 상대방과의 공감대와 이해의 폭을 넓혀준다. 조직의 성과를 창출하고 구성원의 역량을 높이는데도 가르침과 충고보다는 질문이 효과적이다.

맬컴 글래드웰도 "우리는 무지를 인정하고 잘 모른다는 말을 더 잘할 필요가 있다"라고 말했다. '나는 잘 모른다'라는 마인드를 가지고 있을 때 질문화법을 잘 구사할 수 있다.

질문 화법을 잘 구사하기 위해서는 상대방이 말하는 입장을 공감해주고 들어주는 것이 먼저다. 질문의 단짝은 공감과 듣기다. 자녀가 '공부하기 힘들다'고 말하면 '공부하기가 힘들구나'라고 공감해주는 수용형 화법이 제격이다. 이때 '남들도 너만큼 힘들어'라고 가르치는 훈계형 화법은 반발을 키우고 마음의 벽을 높여 관계의 단절을 가져온다.

커뮤니케이션 전문가 마르시아 레이놀즈 박사는 "제대로 된 대화를 위해서는 상대방이 이야기하는 언어 그 자체를 듣는 '머리 두뇌', 말로는 드러내지 않지만 상대방이 진짜 원하는 바를 듣는 '가슴 두뇌', 상대방이 정말로 두려워하고 있는 것이 무엇인지를 들을 수 있는 '육감 두뇌'를 모두 작동시켜야 한다"라고 말했다.

뇌 속에는 약 140억 개의 뉴런이라는 신경세포가 있다고 한다. 뉴런들은 서로 뭉쳐서 신경회로, 즉 생각 시스템을 만든다. 신경회로는 우리 몸에 명령하고 지시를 내린다.

소통을 잘하고 싶다면 신경회로를 '가르치기 시스템'에서 '질문하기 시스템'으로 새롭게 구축해야 한다. 소통의 신경회로가 '질문하기 시스템'으로 정착될 때까지 연습이 필요하다. 내 관점이 아니라 상대방의 관점에서 시작되는 질문하기 시스템이 작동할 때 소통력을 높일 수 있다.

원세
소통법

세상은 더불어 살아가는 곳이다. 타인과 좋은 관계 맺기가 행복과 성공의 근원이다. 관계는 소통으로 시작되고 소통은 관계로 완성된다. 좋은 관계가 좋은 소통을 낳고, 좋은 소통이 좋은 관계를 낳는다. 관계가 서먹서먹하고 불편하면 좋은 소통을 기대하기 어렵다. 상처를 주고받는 말에서 좋은 관계가 싹트기는 힘들다. 살면서 겪게 되는 많은 갈등과 문제는 불통不通에서 생긴다. 이것이 소통과 관계의 숙명이다.

《역경》에는 주변과 어울려 둥글게 살며 입신의 경지에 도달하는 '원이신圓而神'과 모난 것을 감수하고 원칙을 지키며 사는 '방이지方以知'라는 말이 나온다. 원만하고 둥글게 사는 '원이신'을 '원세圓世'라 하고, 모나지만 원칙을 지키며 사는 '방이지'를 '방세方世'라 한다.

작가 정순훈은 "세상살이를 하면서 겪는 괴로움이나 어려움은 대부분 인간관계에서 비롯된다. 그래서 원세의 처세가 중요한 것이다"라고 말한다. 세상살이에서 원세의 처세가 중요하다면 소통에서도 원세 소통법이 중요하다고 볼 수 있다. '원세 소통법'은 부드럽고 따뜻한 말로 소통하는 것이고, '방세 소통법'은 까칠하고 냉담한 말로 소통하는 것을 뜻한다.

세상은 내 생각대로 돌아가지 않는다. 인생은 양보하고 타협을 배워가는 과정이다. 살다 보면 상대방과 내 생각의 차이를 좁혀야 할 때가 온다. 내 주장만을 고수하며 상대방을 사납게 비방하거나 매도하여 해치는 독설이 오고 가면 생각의 차이만 키우게 된다.

나그네의 코트를 벗기는 것은 강한 바람이 아니라 따뜻한 햇볕이라고 했다. '목소리 큰 사람이 이긴다'라는 문제해결 방식은 상대방과의 관계만 악화시킬 뿐이다. 부드럽고 따뜻한 말 한마디가 상대방의 마음을 열고 얻게 만드는 열쇠다.

상대방의 닫힌 마음을 여는 데는 따뜻한 말만큼 효과적인 것이 없다. 상대방에게 너그럽게 대하고 부드럽게 말하는 것이 인생의 후회를 줄이고 성취를 이루게 하는 힘이다.

첫인상이 결정되는 시간은 5초라고 한다. 그 결정적 순간에 자신을 각인시키면 상대방을 추종자로 만들 수 있다. 상대방을 각인시켜 자신을 브랜드화시키는 5초가 관계와 소통의 골든타임이다.

작가 이병률은 "말 한마디가 오래 남을 때가 있다. 다른 사람 귀에는 아무 말도 아니게 들릴 수 있을 텐데 쪼르르 내 마음 한가운데로 떨어지는 말. 한마디 말일 뿐인데 진동이 센 말. 그 말이 나를 뚫고 지나가 내 뒤편의 나무에 가서 꽂힐 것 같은 말"이 있다고 말한다. 누군가를 감동시켜 마음을 움직이는 말은 아무나 할 수 없고 흉내 낸다고 되는 것도 아니다. 부드럽고 따뜻한 말의 시작은 상대방을 존중하는 따뜻한 마음에서 움트기 때문이다.

시공테크 박기석 회장은 "30년간 기업을 운영하며 느낀 것은 인성 바른 사람이 일도 잘한다는 사실이다. 세상에 혼자 할 수 있는 일은 없다. 높은 성과는 남과 협력하고 시너지를 낼 때만 가능하다"라고 말한다.

사람의 품격과 인성이 부드러운 말씨로 드러난다면 성과물은 구성원 상호 간의 따뜻한 말과 소통에서 창출된다. 부드럽고 따뜻한 말 한마디가 조직과 개인의 운명을 가른다. 같은 말도 독하게 내뱉는 사람이 있는가 하면 부드럽게 말하는 사람이 있다. 말하는 데 돈 들지 않는다는 것을 알면서도 좋은 말에 인색하다. 말은 곧 사람의 향기고 인품이다.

잔소리

누구나 잔소리를 하고 들으며 산다. 잔소리는 듣기 싫게 필요 이상으로 참견하거나 꾸중하는 것이다. 잔소리에는 내 생각만이 옳다는 전제와 상대방을 내 생각대로 부리고 싶은 의도가 깔려 있다. 상대방을 내 뜻에 따르도록 간섭하고 강요하는 행위다.

잔소리를 해도 내 의도가 통하지 않으면 비난하고 질책하는 단계로 이어진다. 누군가 내 생각을 인정하지 않고 거역하거나 내 마음을 알아주지 않고 내치면 잔소리의 강도는 훨씬 더 세어진다.

잔소리는 하는 사람이나 듣는 사람이나 중독성이 강해서 잔소리하는 사람은 습관으로 중독되고 잔소리 듣는 사람은 건성으로 흘려듣는 것에 중독된다. 잔소리는 상대방이 어떤 일을 할 때 내 기준이나 기대치에 못 미쳐 탐탁지 않거나 미덥지 않을 때 나타나는 못마땅한 마음의 표현이다.

잔소리는 신분이나 힘이 종속관계일 때 심해진다. 직장상사가 부하직원에게 혹은 시어머니가 며느리에게 등등 나이가 많거나 직급이 높은 사람이 일방적으로 휘두르는 권력의 횡포다. 격한 감정이 덕지덕지 묻어 있는 직장상사의 잔소리는 부하직원의 일터를 지옥으로 만들고 출근길을 두렵게 한다.

며느리를 수족처럼 부리려는 의도가 깔려 있는 시어머니의 심한 잔소리는 며느리의 일상을 어둡게 한다. 업신여김에서 나오는 남편의 잔소리는 아내를 우울하게 하고, 사랑이 담기지 않은 아내의 잔소리에 남편은 화가 치민다. 기대와 요구만 담긴 부모의 잔소리에 자식은 숨이 막힌다. 자신의 생각과 속내를 감추고 상대방이 알아주기를 기대하며 퍼붓는 잔소리는 최악이다.

잔소리는 듣는 이의 마음에 휘두르는 칼이다. 상대방의 인격을 모독하고 혐오하는 잔소리는 날카롭고 예리한 칼로 마음에 상처를 내는 것과 같다. 별로 잘못한 것도 없는데 잔소리를 듣게 되면 기가 꺾인다. 일처리 능력이 미흡하다는 평가를 받는 것 같아 기분이 나빠지고 억울해지기도 한다. 상대방을 위하는 말도 여러 번 반복해서 듣게 되면 심기를 불편하게 하는 잔소리가 된다. 상대방의 마음을 헤아려주지 않고 나오는 말이나 상황을 판단하지 않고 하는 충고도 잔소리가 되기 십상이다.

잔소리는 소통의 미숙이다. 잔소리는 듣는 이의 귀를 닫게 만들어 잔소리의 최대 피해자는 결국 본인이 된다. 내 말을 상대방이 무시할 뿐만 아니라 듣는 이가 잔소리로 인한 '화'로 똘똘 뭉쳐진 감정의 핵폭탄을 터트려버리면 그 피해는 고스란히 잔소리하는 사람에게 가기 때문이다.

맷집 좋은 권투선수가 잔 펀치에 버티지 못하고 쓰러지듯 우호적인 관계도 잦은 잔소리에 틈이 생기고 허물어진다. 잔소리하지 않고 자녀를 성공적으로 키울 수 있는 비법을 찾는 것이 부모의 사랑이고, 잔소리를 줄이며 부하직원의 마음을 사로잡는 리더십을 고민하는 것이 리더의 책무다.

잔소리가 많은 조직이나 가정에서 정이 넘치는 화목한 정서를 찾기는 힘들다. 말하는 사람을 천하게 만들고 듣는 사람을 비굴하게 만드는 것이 잔소리다.

잔소리 하지 않는 어른이 되려면 상대방을 인정하고 상대방의 영역과 권한을 침범하지 않아야 한다. 잔소리를 줄이는 길은 상대방을 조종하려는 마음을 내려놓고 상대방의 마음과 생각이 무엇인지를 알아가는 데 있다.

법정 스님은 "올 여름에는 거의 책을 보지 않는다. 눈이 번쩍 뜨이는 그런 책을 가까이 접할 수도 없지만 비슷비슷한 소리에 진력이 났기 때문이다"라고 말한다. 내 말과 글이 누군가에게 진력이 나지 않도록 다독이며 사는 것이 소중함으로 다가온다.

_____ 저기,
_____ 그거

소통은 서로의 생각과 마음을 주고받는 일련의 과정이다. 이때 중요한 것은 자신의 생각과 마음을 명료하게 전달하는 일이다. 자신의 생각과 마음을 감추고는 진정한 소통을 기대하기 어렵다. 소통할 때 전달력이 부족하면 오해가 싹트고 갈등이 발생한다. 소통에서 명료한 전달력은 개인의 성공과 조직의 성패를 결정한다. 소통력은 현대인의 필수자격증이다.

건국대 하지현 교수는 의사소통에서 의意는 뜻을 정확하게 전달하는 것, 사思는 자신만의 생각을 명료하게 정리해서 밝히는 것, 소疏는 적당히 멀어지며 거리를 유지하는 것, 통通은 서로 통했다는 감정을 느끼는 것이라고 설명한다. 자신의 뜻과 생각을 정확하고 명료하게 전달하는 의사意思가 안 되면 적당한 거리를 유지하며 마음을 주고받는 소통疏通이 될 수 없다. 소통의 기본은 명료하고 정확한 전달력이다.

소통에서 말의 흐름과 문법구조가 그 사람의 지적 능력에 합당하게 유지되지 못해서 무슨 이야기를 하려는지 알 수 없는 상황을 '지리멸렬' 하다고 한다. 그런데 최근 나의 언어 선택이 '지리멸렬' 해져서 걱정이다. 어떤 사물이나 물건을 지칭할 때 그 사물의 명칭을 정확하게 말하기보다는 '저기, 그거' 로 뭉뚱그려 표현하는 횟수가 유난히 늘었다. "여보, 저기 그거 어디 있어요?"

이처럼 밑도 끝도 없이 표현하며 소통하기를 원하는 나에게 아내는 의미는 알지만 짐짓 못 알아들은 척 정색하며 무엇을 말하는 거냐고 되묻는다.

어릴 적 어른들이 둘러앉아 이야기를 나눌 때"저기, 그거 있잖아"라는 말이 무슨 말인지 의아하고 많이 궁금했었다. 그랬던 내가 무엇을 말하는지 도통 알 수 없는 '저기 그거 화법' 을 자연스럽게 쓰고 있다. 말을 할 때 '저기, 그거' 라는 표현을 자주 하기 시작하면 나이 듦의 징후 중 하나라는데 큰 일이다.

'저기, 그거 화법' 은 상대방에 대한 배려 없이 내 입장에서만 이야기하는 언어 습관의 결과물이다. 말을 할 때 목적어가 생략된 '저기, 그거 화법' 을 경계해야 하는 이유는 이 정도로만 표현해도 척 알아들어야 한다는 '교만 소통법' 과 알아서 헤아리지 못하는 상대방에 대한 불만이 깔려 있는 '핀잔 소통법' 이 내재되어 있기 때문이다.

'저기, 그거 화법'은 직장에서도 자주 보인다. "김 대리, 지난번에 이야기한 그거 어떻게 됐어?", "이 팀장, 저기 있지, 왜 그거. 잘 돼 가나?" 한다. 사실 직장생활을 잘하려면 상사가 구구절절 말하지 않아도 척하고 알아듣는 센스가 필요할 때도 있다. 그러나 일이 잘 추진되기 위해서 지도자가 갖추어야 할 덕목 중 하나는 자신이 원하는 바를 명료하고 분명하게 전달하는 소통법이다.

자신이 원하는 바를 명확하게 전달하며 부하직원을 설득할 수 있는 상사만이 팀워크와 상호신뢰를 구축하고 조직의 성과를 높일 수 있다. 소통에서 지도력의 근간은 명확한 전달력이다. 그래서 직장상사는 소통을 할 때 애매모호하고 불분명한 말보다는 명료한 말을 쓰는 연습이 더욱 필요하다.

필력

글 잘 쓰는 능력이 경쟁력인 시대다. 대학에 들어가거나 취업을 할 때도 자기를 소개하는 글의 영향력은 크다. 많은 사람이 책을 내고 싶어하고, 어떻게 하면 글을 잘 쓸 수 있는지 관심이 많다. 글을 잘 쓰는 방법을 알려주는 책들과 강좌들도 넘쳐난다. 신간들이 출판시장의 불황에 상관없이 봇물 터지듯 쏟아져 나온다. 책을 읽는 사람은 줄어드는데 책을 내고 싶은 사람은 늘어난다.

글쓰기는 삶의 정곡을 되짚고 자신을 성찰하는 시간이다. 자신의 생각과 감정을 표현하기 위해 낱말을 매만지는 작업이다. 문장들이 끊임없는 고뇌 속에서 탄생한다. 명문장은 엉덩이를 붙이고 몰입하는 시간에서 나온다. 조정래 작가는 0.1초의 습관과 싸워 가며 엉덩이를 붙이고 대작을 남겼다.

이기주 작가는 "엉덩이력力과 필력筆力은 믿음을 가지고 종일 앉아 있다 보면, 다른 문장으로 대체될 수 없는 단 하나의 문장이 떠

오르기도 한다"라고 말한다. 이런 과정에서 탄생되는 명문장은 책의 여백 위에만 남겨지는 게 아니라 읽는 이의 머리와 가슴에 새겨져 살아 숨 쉰다.

문장을 구사하는 능력을 갖추기 위해서는 많이 듣는 것多聞으로 시작된다. 한 사람이 경험하는 삶은 유한하다. 상대방의 이야기를 들으면 상대방의 마음을 얻을 수 있듯이, 상대방의 이야기를 들으면 상대방의 지혜를 얻을 수 있다. 타인의 인생에 숨어 있는 이야기는 좋은 글감의 산실이다.

필력은 많이 읽을多讀 때 생긴다. '세상에 새로운 것은 없다. 다만 새로운 조합만 있을 뿐이다'라는 말이 있다. 책을 읽는 행위는 콩나물시루에 물을 주는 작업이고, 글을 써내는 일은 물을 먹고 자란 콩나물 같은 결과물이다. 행간을 곱씹고 읽으며 익힌 좋은 문장들이 명문장을 쓸 수 있게 해준다. 책을 많이 읽는 것과 좋은 글쓰기는 동격이다.

격조 있는 글은 많이 생각하는 것多想量에서 나온다.

장석주 작가는 "사색은 깊이 생각함이다. 생각함은 상상과 추론으로 지혜와 통찰에 이르는 길이다. 깊이 생각함은 무한의 눈으로 유한한 삶을 바라보는 축복이다"라고 말한다. 생각의 깊이와 넓이가 글의 수준과 내용을 결정한다. 좋은 생각이 본받을 행동으로 이어지듯 좋은 상상력으로 쓴 글은 두고두고 읽고 싶은 명작으로 남는다.

글쓰기 능력은 많이 써보는 것習作으로 귀결된다. 습작은 독자의 공감을 이끌어내기 위해 좋은 문장을 만들어 보는 작업이다. 어떤 분야든 반복적으로 연습하는 시간의 양이 장인을 만들듯 글을 쓰는 습작의 시간이 명필가를 길러낸다.

필력은 글을 고쳐 쓰는 것으로 완성된다. 한 편의 글을 완성하는 일은 고치는 행위의 연속이다. 글을 쓰는 과정은 약초를 찌고 말리기를 아홉 번씩 거듭한다는 구증구포九蒸九曝로 비유된다. 좀 더 가치 있는 단어와 문장을 찾아낼 때까지 쓰고, 고쳐 쓰고, 다시 쓰기를 반복하면서 글은 깊어지고 단단해지고 빛이 난다.

글은 마음의 창이고 삶의 축소판이다. 마음과 일이 혼란스러우면 정제된 글을 쓰기 어렵고 글이 요원해진다. 글의 진정성은 수신修身을 제대로 실천하는 일상에서 잉태된다. 진정성이 없는 글은 산만하고 독자에게 감동을 주기 어렵다. 글 쓰는 작업은 의견과 사실을 구별하고 삶의 허기를 달래주며 삶의 정수를 맛보게 해주는 시발점이다.

핵심감정의
충돌

우리 가족은 네 집 살림을 한다. 주말부부로 생활하는 아내와 나는 청주와 일산에서 살고, 아들은 분당의 직장 근처 오피스텔, 서울에서 대학을 다니는 딸은 학교 앞 원룸에서 생활하고 있다.

교사인 아내가 여름방학을 맞아 세 군데의 집을 두루 방문했다. 집 떠나 타지에서 고생하는 아들과 딸을 위로하고 격려하고 싶은 엄마로서의 마음과 도리가 더해진 행보다. 아내는 나의 집과 아들의 집을 다녀간 후 사랑에너지, 긍정에너지, 행복에너지를 가득 채워 간다는 문자를 남겼다.

마지막 순서로 딸의 집에 가서 하룻밤을 잔 아내에게서 뜻밖의 문자가 왔다.

"부자 친정에서 모든 걸 마련해준 며느리 집에 가난한 시어머니가 가서 하룻밤을 가시방석 속에 선잠 잔 느낌, 기센 며느리 집 다니러 간 소심한 시어머니 심정, 주인 눈치 보며 사는 셋방살이의 설움을 톡톡히 겪은 기분"이라는 문자가 온 것이다. 딸이 제 방에 엄마의 손길이 닿는 걸 거부해서 서운하고 섭섭했던 모양이다. 딸은 자신의 공간과 스케줄에 엄마가 끼어드는 것이 영 성가시고 불편했던 것은 아닌가 싶기도 하다.

프랑스의 문학평론가이자 사회인류학자인 르네 지라르는 "인간은 강렬하게 욕망하면서도 무엇을 욕망하는지 정확하게 알지 못하는 존재"라고 말했다. 살면서 욕망을 쉽게 드러내서는 안 된다는 우리 사회의 묵시적 계율을 잘 반영하고 있는 듯하다.

심리학자들은 욕망이 직선으로 달려가지 않고 어딘가에서 구부러지고 또 구부러지고 숨겨지고 또 숨겨지다 보니 원형을 알아보기가 힘들다고 얘기한다. 딸이 진정으로 원하는 것이 무엇인지 속내를 드러내지 않아 딸의 핵심감정을 알아채지 못한 아내는 답답하고 서운한 감정의 싹만 키웠다. 엄마가 딸의 욕망조차 알기 어려운 것을 보면 직장 동료나 타인의 욕망을 알아가며 산다는 것이 얼마나 어려운 일인지 감이 온다.

김두식 교수는 핵심감정을 "거절하지 못하는 경향, 타인의 평가에 대한 민감한 반응, 부정적인 감정 표현을 하지 못하는 것, 나아가 자신의 감정 자체를 잘 드러내지 않는 성향 등 마음속 깊은 곳에 자리 잡고 있는 문제들"이라고 정의한다. 자신의 핵심감정을 이야기하는 것은 마음이라는 그릇에 쌓인 감정을 비워내는 것과 같다.

아내와 딸의 동상이몽도 핵심감정을 드러내지 않은 결과일수 있다는 생각이 든다. 핵심감정을 드러내는 대화와 소통이 오해와 갈등을 줄여주고 비생산적인 감정 소모전을 피할 수 있게 해준다. 핵심감정을 열어 보이기 위해서는 타인에 대한 신뢰와 용기가 필요하다.

고통스러운 감정은 그 원인을 찾고 대책을 강구하라는 신호다. 감정을 일어나게 한 상황을 조정하고 감정에 대해 적절하게 대응할 수 있게 되는 것이 감정의 성장이다. 아내와 딸이 눈칫밥으로 주고받았던 불편한 감정의 신호는 부끄럽거나 자존심이 상할 일도 아니다. 아내와 딸의 관계를 건강하게 만들고 유지해주는 비결이 숨겨져 있기 때문이다.

딸 원룸에 들렀다가 눈칫밥만 먹고 온 아내를 보면서 자녀의 인생은 부모에게서 독립해나가는 긴 여정이라는 말이 실감 났다. 그후 아내가 딸과 긴 이야기를 나누고 문자를 자주 주고받는 것을 보니 핵심감정의 충돌이 모녀지간의 관계를 더욱 건강하고 돈독하게 만들어 준 듯하다. 삶의 진수는 자신의 핵심감정을 이해하고 드러내는 것에서 시작된다.

훌륭하십니다

소통의 한자는 트일 '소疏'와 통할 '통通'이다. '막힌 것이 트이고 서로 통하게 된다'라는 의미다. 소통을 잘하려면 상대방의 마음을 막히지 않게 하는 것이 중요하다. 상대방의 마음을 막히게 했다면 막힌 마음을 뚫어줄 수 있어야 한다. 그런데 소통할 때 상대방의 마음을 막히지 않게 하는 것이 말처럼 쉽지 않다. 상대방의 막힌 마음을 뚫기는 더 어렵다.

소통 전문가들은 상대방의 마음을 막히지 않게 하려면 말하고 듣는 과정에서 숨은 메시지와 감정의 작은 떨림까지도 섬세하게 포착할 수 있는 지각력이 필요하다고 말한다. 그러나 상대방이 말하는 숨은 의도를 파악하고 속마음을 읽기가 만만치 않다.

청나라 말 사상가 이종오는 동양의 마키아벨리즘으로 일컬어지는 《후흑학厚黑學》에서 "난세를 평정한 영웅호걸의 특징은 '후厚'와 '흑黑'으로 집약된다"라고 말한다.

'후' 는 얼굴이 남보다 두터워 감정을 쉽게 들키지 않음을 뜻한다. '흑' 은 그냥 검은 게 아니라 타인이 마음을 간파할 수 없을 정도로 깊고 새까맣다는 의미다.

현대인의 소통에서도 후흑 현상은 예외 없이 나타난다. 혹자는 후흑을 '무디고 둔감한 감정이 지닌 힘' 이나 '예민하게 반응하지 않으면서 큰일을 도모할 수 있는 역량' 으로 풀이한다. 작가 이기주는 후흑에서 "타인의 말에 쉽게 낙담하지 않고 가벼운 질책에 좌절하지 않으며, 자신이 고수하는 신념과 철학을 바탕으로 말하고 또 행동하는 힘의 가치를 배워야 한다" 라고 말한다.

후흑 현상이 넘쳐나는 소통에서 상대방의 마음을 막히지 않게 하고 막힌 마음을 뚫어주는 화법으로 상대방을 인정해주는 '훌륭하십니다 화법' 을 권하고 싶다.

최근 한 대기업 설문조사 결과 2040세대가 직장과 가정 모두에서 가장 듣고 싶어하는 말은 "당신이 최고야!" 인 것으로 나타났다. 몇 해 전 송년회 자리에서 지인이 했던 "당신 멋져!" 라는 건배사가 아직도 생생하다. '당신 멋있다' 로만 생각했던 나에게 지인은 "당당하게, 신나게 살고, 멋지게 져주자" 라는 의미라고 설명하는데 공감이 되어서다.

영국 작가 도로시 네빌은 "대화의 진정한 기술은 적절한 장소에서 적절한 말을 하는 것뿐 아니라 말하고 싶은 순간에도 부적절한 말을 하지 않는 것이다"라고 한다. 상대방을 인정해주는 '훌륭하십니다 화법'은 상대방에게 멋지게 져주고 상대방과의 갈등을 없애주는 소통법이다.

상대방을 인정해주면 상대방과 불편한 감정으로 부딪칠 일이 없다. '훌륭하십니다 화법'은 상대방을 인정하기 싫은데 어쩔 수 없이 인정하는 비아냥거림의 표현이 아니라 내가 상대방보다 더 잘났다는 교만을 내려놓고 상대방을 인정해주는 겸손한 마음에서 가능하다.

35년 동안 3,000쌍의 부부를 연구한 존 가트맨 박사는 긍정과 부정의 표현을 "부모가 자녀에게는 3:1, 상사가 부하직원에게는 4:1, 친구가 서로에게는 8:1, 점원이 고객에게는 20:1, 부모가 장성한 자녀에게는 100:1, 시어머니나 장모에게는 1000:1" 비율로 하면 행복한 관계를 유지할 수 있다고 충고한다.

상대방을 인정해주는 '훌륭하십니다 화법'을 존 가트맨 박사의 비율에 접목해본다면 내 소통 스타일에 어떤 변화가 올지 기대된다. 소통에 좋은 기운이 흐르게 하는 것은 상대방이 아니라 내 마음에 있다.

3장

마음이
흔들려도
포기하지
말아야
할 것들

가을에
만난 행복

요즘 나는 가을 예찬론자로 산다. 가을이 땅에서는 귀뚜라미 등에 업혀 오고, 하늘에서는 뭉게구름 타고 온다는 말이 있다. 가을의 전령인 귀뚜라미 울음소리를 듣다 보면 산만하게 흩어졌던 마음이 제자리를 잡는다. 이른 새벽녘에는 풀벌레의 환상적인 합주로 귀까지 호강이다. 초가을 문턱에서 살갗을 스치며 와 닿는 신선하고 상큼한 공기로 기분이 좋다. 들녘에 영글어가는 곡식과 과일을 보면서 성급함은 하나의 유혹이고 속임수임을 알게 된다. 사계절 중 유독 가을이 되면 시간 안에 통찰력과 익숙함 그리고 친밀함이 들어있음을 생각하게 된다. 때가 되면 때를 알고 가을 채비하는 삼라만상을 보는 것은 경이롭다.

얼마 전 24절기 중 열네 번째 절기인 처서處暑가 지났다. 일 년 중 늦여름 더위가 물러간다는 처서 무렵이 되면 어머님과 장모님과의 추억이 떠오른다. 어머님은 땡볕 더위가 누그러질 때쯤 '처서가 지나면 모기도 입이 비뚤어진다' 라는 말씀을 줄곧 하셨다.

장모님과 산행을 할 때면 솔잎에 얽힌 경험담을 종종 해주신다. 처서를 경계로 소나무가 수분 빨아들이는 작용을 줄여 솔잎 따기가 쉽지 않다고 말씀하신다. 장남과 사위에게 때에 따라 무엇을 어떻게 하며 사는 것이 중요한지 세상살이 이치를 알려주고 싶은 마음이 담겨 있음을 나이 오십이 넘어서야 깨닫는다. 행복은 소유가 아니라 일상의 삶에서 온다는 사실을 청명한 가을을 감상하며 느낀다.

덴마크는 북유럽에 있는 스칸디나비아의 작은 나라다. 인구는 약 560만 명이며 국토는 한반도의 5분의 1 크기다. 이처럼 땅도 좁고 날씨도 불순하고 풍광도 볼품없는 나라지만 행복지수에서는 세계 1위다. 작가 오연호는 덴마크 사람들을 행복하게 만드는 6개의 키워드로 "자유, 안정, 평등, 신뢰, 이웃, 환경" 요인을 들고 있다. 행복과 삶의 방향성을 어디에서 찾아야 하는지 묻는다.

세상살이의 경험치가 쌓이다보니 행복은 '자리' 와 '관계의 투명성' 에 달려있다는 생각을 하게 된다. 조직이든 가정이든 자리에 주어지는 역할을 잘 수행할 때 좋은 관계가 유지된다. 부모, 부부, 직급 등 자리에 따른 역할이 불분명하거나 역할에 충실하지 않으면 갈등과 불협화음이 발생한다.

행복은 신뢰에서 싹트고 신뢰의 핵심은 관계의 투명성에서 나온다. 가족이 행복하려면 한 솥에서 밥을 먹지 말라는 역설적인 말이 있다. 한솥밥을 먹는 끈끈하고 애틋한 사이일지라도 관계가 투명하지 않으면 밥을 조금이라도 더 많이 먹으려고 서로 싸우게 되기 때문이란다. 누구든 먹는 데서 소외당하거나 손해를 본다 싶으면 기분이 나쁘다. 투명하지 않은 관계, 신뢰할 수 없는 관계는 가족 간에 싸움을 일으켜 정情을 잡아먹는다.

행복은 아침에 눈떠 하루를 '더' 와 '덜' 로 사는 데서 온다. 살아가는 데 힘이 되는 긍정적인 단어에 '더' 자를 붙이면 더 행복하고, 더 기뻐하고, 더 감사하고, 더 사랑하고, 더 웃음 짓는 삶을 살게 된다. 삶의 에너지를 빼앗는 부정적인 단어에 '덜' 자를 붙이면 덜 힘들고, 덜 슬프고, 덜 아프고, 덜 욕심내며 살게 되어 행복이 배가된다.

서은국 교수는 "행복하기 위해 사는 것이 아니라 살기 위해 행복감을 느끼도록 설계된 것이 인간이다" 라고 말한다. 작지만 더 소중하게 적지만 더 감사한 마음을 갖는 것이 행복에 이르는 길이다.

'같이' 의
가치

사람은 사회적 동물이다. 이 명제는 유명한 철학자가 정의 내려서 아는 것이 아니다. 세상을 살다 보면 혼자 살아갈 수 없음을 터득하게 된다. '사람 인人' 자가 두 사람이 기대고 있는 형상인 것만 봐도 알 수 있다.

왕따가 사회적 이슈로 자리를 잡고 있는 것은 안타까운 일이다. 왕따를 당하는 사람 입장에서 보면 사회적 동물이란 명제는 공염불이다. 왕따는 또래 집단의 누군가에게 어깨를 기대고 싶어도 기댈 수 없게 만든다. 소외의 쓴맛이 어떤지는 당해본 사람만이 안다. 사람으로서 해서는 안 될 왕따는 우리 사회가 '같이' 의 가치를 등한시한 데서 비롯된 병적인 증세의 하나다.

사람은 더불어 살아간다. 인생길은 혼자 가는 것이 아니라 함께 가는 것이다. 인생의 여정에서 '같이' 가 가치 있다는 사실이다. 세상은 함께할 때 아름답다. 누군가와 일을 함께 하고 어딘가를 같이 가려면 가치가 서로 공유될 때 가능하다.

1811년에 지구상의 첫 샴쌍둥이 창과 엥이 태어났다. 이들은 키가 157센티미터까지 자랐고 걷는 것은 물론 뛰거나 수영까지도 잘했다. 그리고 서커스단원으로 전 세계를 무대로 활약했고 1829년에는 미국 시민권을 획득했으며 노스캐롤라이나에 농장을 구입하고 두 자매와 결혼도 했다. 그러던 중에 이들은 의사로부터 분리 수술을 권유받는다. 그러나 이들은 "우리는 둘이 아니라 하나입니다"라는 말로 단호히 거부한다. 이들은 63년을 행복하게 살다가 3시간 간격으로 생을 마감했다.

반면에 랄레흐비자니와 라단비자니가 1974년에 이란에서 일란성 쌍둥이로 태어났다. 이들은 머리는 따로 있지만 두개골과 뇌혈관, 유전자를 100퍼센트 공유한 상태에서 한 몸통을 움직여 어디든 같이 가야만 했다. 이들은 29년을 함께 살다가 법과대학을 졸업하던 2003년 의사들에게 분리 수술을 해 달라고 스스로 요청했다. 수술의 성공확률은 50퍼센트 정도였다. 위험한 분리 수술을 꼭 하려는 이유를 묻는 기자들의 질문에 대한 답이다.

"우리는 서로 꿈이 다르고 생각이 다르기 때문에 도저히 같이 살수 없다."

이들은 싱가포르 래플스 병원에서 52시간에 걸친 대수술을 받았지만 과다출혈로 동생이 먼저 숨지고 1시간 반 뒤에 언니마저 숨을 거두게 되었다.

　우리가 어떻게 살아야 되는지를 고민하게 한다. 조직의 경쟁력은 어디에서 오는지를 생각하게 한다. 살면서 누군가와 일을 함께하고 어딘가를 같이 간다는 것은 쉽지 않다. 내가 상대방보다 일을 더 잘하고 싶고 먼저 가고 싶은 이기심이 작용하기 때문이다. 같이 가고 함께하면 오히려 손해를 보게 될 경우는 더욱 어려워진다. 함께하고 같이 가면 서로에게 이익이 된다는 공감대가 형성될 때 쉬워진다.

　아프리카 속담에 "멀리 가려면 함께 가고, 빨리 가려면 혼자 가라"라는 말이 있다. 먼 인생길은 만만치가 않다. 혼자 빨리 가다 보면 힘듦과 지침도 그만큼 빨리 온다. 삶이 고단하고 지쳐올 때 어깨를 기댈 수 있는 동행인이 있다는 것은 감사할 일이고 축복이다. 나와 일을 함께하고 인생길을 같이 가는 이에게 따뜻한 눈길 한 번 주면 어떨까.

갱년기 증상과
빌렌도르프의 비너스상

삶은 선택의 연속과정이다. 선택이 중요하다는 얘기를 들으며 산다. 나에게 선택의 결정권이 주어지는 경우도 있지만 그렇지 못한 경우도 흔하다. 선택의 결정권이 나에게 있는 경우 어떤 선택을 하는지가 인생을 가른다. 나에게 선택권이 없는 경우 어쩌지 못 하는 일이나 상황을 어떻게 받아들이느냐가 삶을 좌지우지한다.

살다 보면 자신이 어쩌지 못하는 경우를 경험하게 되는데 여성들이 겪는 갱년기 증상도 그중의 하나가 아닐까 싶다. 갱년기는 여성이 성숙기를 지나 노년기에 접어들어 난소기능이 쇠퇴하면서 폐경이 시작되고 호르몬 부족에 따라 신체적 정신적으로 힘들어지는 시기를 말한다.

갱년기 증상은 대개 47~49세 전후로 시작되는데 쉰을 넘긴 아내에게도 예외 없이 나타났다. 요즘 아내는 갑자기 열이 나고 얼굴이

빨개지며 잘못한 것도 없는데 가슴이 두근두근 콩닥콩닥 뛰고 밤잠을 설치는 증세로 고생하고 있다. 어떤 때는 내 얼굴만 봐도 신경질이 나고 작은 일에도 화가 나며 슬픈 일이 없는데도 우울해지고 일상이 무기력해진다고 한다. 아내는 갱년기 증상이라는 막강한 씨름선수와 날마다 사투를 벌이는 것 같다고 하소연한다.

여성의 갱년기는 여성 호르몬의 분비가 감소되며 나타나는 증세이다. 여성의 인체 내에서 임신능력을 담당하는 에스트로겐과 프로게스테론이라는 호르몬의 부족 현상으로 나타나는 증상들이 바로 갱년기 증세인 것이다.

역사교사인 아내는 여성의 갱년기 증상을 유구한 인류의 역사 속에서 축적된 문화적 DNA라고 주장한다. 인류의 조상으로 불리는 오스트랄로피테쿠스부터 수백만 년 동안 여성에게 가장 중요한 일은 생산능력이었다. 현대에는 미의 기준이 날씬한 여성이지만 수만 년 전 추앙받던 아름다운 여성의 기준은 빌렌도르프의 비너스상이라는 것이다.

빌렌도르프의 비너스는 1908년 오스트리아 빌렌도르프 근교의 팔레오세 지층에서 고고학자 요제프 좀바티에 의해 발견된 11.1센티미터 키의 여자 조각상이다. 이 석상은 2만 2000년에서 2만4000년 전 구석기 시대에 만들어진 것으로 추정된다. 빌렌도르프의 비너스는 커다란 유방을 늘어뜨리고 허리는 매우 굵고 배는 불룩 나와 있으며 지방이 풍부한 엉덩이는 매우 잘 발달해 있고 성기가 강조되어 있다. 고고학자들은 이 석상이 생식과 출산, 다산의 상징으로 주술적 숭배의 대상이 되었던 것으로 판단한다. 원시인들이 풍만했던 여성을 소재로 조형물을 만든 이유는 그 당시 생존율이 낮고 사망률이 매우 높았기 때문에 풍요와 다산을 기원하는 의식으로서의 부적으로 제작했을 것으로 전문가들은 본다.

아내는 빌렌도르프의 비너스 상에서도 볼 수 있듯이 여성에게 가장 중요한 일은 종족을 번식시키는 일인데 폐경은 생산능력의 상실이고 생산능력의 상실은 종족으로부터 도태되고 추방될 수도 있으니 삶이 얼마나 불안하고 우울해지겠냐는 것이다. 이러한 심리적 충격이 수만 년에 걸쳐 축적된 결과물이 갱년기 증상이라는 것이다.

현대인은 변화를 요구받지만 살면서 변하는 것과 변하지 않는 것을 구별할 수 있어야 한다. 시대를 초월하여 변하지 않고 적용되는 진리는 인류의 DNA가 만들어낸 산물이다. 갱년기 증상도 인류의 유전자가 만들어낸 선물인 만큼 가족이 이해해주고 보듬어주는 따듯한 마음이 필요해 보인다.

거경
궁리

며칠 전 석가탄신일에 산사를 찾았다. 고요한 산사에 마음의 때를 씻어내고 내면의 소리를 듣고 싶어하는 불자들로 생기가 감돈다. 고즈넉한 산사의 청량한 공기만큼 사찰을 오가는 이의 마음도 청명해지는 기운이 느껴진다. '방심放心하지 않고 살려면 마당 쓸고 잡초 뽑듯이 마음단속하며 사는 연습이 필요하다'라는 스님의 법문이 귓전에 생생하다.

스님이 인생은 놓아버린 마음을 찾는 구방심求放心으로 살아야 한다고 설파한다. 세상살이에 치이다 보면 놓아버리고 잃어버린 마음을 찾기란 쉽지 않은 일이다. 잃어버린 마음을 되찾는 것은 나의 본성을 만나는 것과 같다.

잃어버린 마음을 되찾고 본질에 충실한 삶을 살기 위해서는 사색과 동행하는 일상이 필요하다. 진정성 있는 사색은 거경궁리居敬窮

理를 끼고 사는 일상에서 나온다. 거경궁리란 사람과 사물을 지극히 공손하고 경건한 마음으로 대하는 상태인 경敬에 거居하면서 궁리, 즉 사색하는 것이다.

이 거경궁리는 사서삼경 중 사서에 속하는《대학》의 '격물치지'에서 발전한 것으로 서양 인문학, 특히 윤리학 · 형이상학 · 인식론 분야의 사색법과 통한다고 인문학자들은 말한다. 거경궁리의 핵심인 경敬에는 유사시有事時, 즉 사람 · 사물 · 일을 대할 때나 무사시無事時, 즉 홀로 있을 때를 따지지 말고 지극히 공손하고 경건한 마음으로 살아야 된다는 가치가 내포되어 있다.

거경궁리는 나를 완벽하게 변화시켜 황홀한 깨달음을 불러오는 사색법이다. 거경궁리에 입각한 사색은 옳은지 그른지 판단이 잘 서지 않는 것과 그르고 악한 것을 구분하게 해준다. 또한 옳고 선한 것은 마음속으로 실천 계획을 상세하게 세우고 판단이 잘 서지 않는 것은 더 깊은 궁리를 통해 옳고 그름을 명확히 하고 그르고 악한 것은 버리도록 해준다.

거경궁리는 마음먹기를 통해서 본질이 무엇인지를 알게 해주고 격格을 높여주는 인생의 보물이다. 누군가 사람 · 사물 · 일을 대하는 것을 보면 그 사람의 격이 높은지 낮은지가 보인다. 격은 마음心 · 말言 · 행동行 · 생각思으로 표현되기 때문이다.

'수신제가치국평천하'에서 수신修身이 처음에 자리 잡는 것은 격이 수신을 통해서 완성됨을 나타내는 것은 아닐까 싶다. 누구든지 자신을 변화시키는 황홀한 깨달음으로 수신만 잘하면 격을 높일 수 있다.

자신의 격을 높이기 위해서는 점프 개미처럼 스스로 특별해질 기회를 주어야 한다. 점프 개미족은 여왕개미가 사망하면 일개미 중 한 마리를 여왕개미로 추대한다고 한다. 그러면 평범했던 일개미의 몸이 여왕개미처럼 커지고 수명도 열 배 이상 늘어난다고 한다. 자신이 여왕개미라는 확신을 갖는 마음먹기가 유전자조차도 바꿔버리는 것이다. 평범한 운명을 타고난 사람이라도 몸과 마음이 늘 위대한 것과 만난다면 높은 격의 소유자가 될 수 있음을 알 수 있다.

본질을 찾고 격을 높이는 삶은 일상에서 시선, 손, 발이 위대한 것들과 마주할 수 있도록 하는 데 있다. 거경궁리는 잃어버린 마음을 되찾고 격을 높여주는 사색공부법이다.

격

양지식물에게 햇빛은 생존에 절대적이다. 나무들은 땡볕 아래서 제 생명을 수직으로 곧게 세우기 위해 사투를 벌인다. 나무는 뿌리의 깊이보다 원줄기의 높이를 지향한다. 나무와 햇빛만큼 사람과 격格의 상관관계는 크다. 인격과 삶의 질은 농밀한 관계다. 인격은 삶에 대한 감사와 사람에 대한 예의 그리고 남을 무시하지 않는 따뜻한 마음이 내뿜는 향기다. 인격의 깊이가 행복과 성공에 미치는 영향은 지대하다. 행복과 성공은 높이 올라가는 것이 아니라 깊이 들어가는 내면의 힘에 있다.

인격의 깊이는 절체절명의 위기 상황이 닥쳤을 때 지혜로운 처신으로 드러난다. 역경과 시련이 왔을 때의 처신을 보면 인격의 깊이가 가늠된다. 성철 스님은 "어려움 가운데 가장 어려운 것은 알고도 모르는 척하는 것이다. 용맹 가운데 가장 큰 용맹은 옳고도 지는 것이다. 공부 가운데 가장 큰 공부는 남의 허물을 뒤집어쓰는 것이다" 라고 말했다. 인격은 지혜로움과 현명함의 대명사다.

숙박업소만 등급이 있는 것이 아니고 사람의 인성에도 등급이 있다. 인성이 여인숙 수준인지 모텔 수준인지 오성급 호텔인지 칠성급 호텔인지 매사 자신을 살펴야 한다. 지배인이 호텔의 명성을 유지하기 위해 디테일한 부분까지 애를 쓰듯 삶의 본질과 가치를 지켜내며 사는데 필수품인 좋은 인격을 쌓는 데 매진해야 한다.

이해인 수녀는 "얼마나 많은 사람이 자신의 마음을 옳게 다스리지 못해 그릇된 선택을 하고 나쁜 일에 중독되는지 안타까운 일이다. 자신의 마음을 깊이 들여다보며 일기를 쓰고 좋은 책을 찾아 읽고 사색과 명상을 게을리하지 않는 것은 온유한 마음을 가꾸는 데 큰 도움이 된다"라고 말한다.

언젠가 TV 프로그램에서 아프리카 부족의 삶을 본 적이 있다. 여자들은 육아와 밭일에 한 시간 넘게 걸려 물까지 길어오느라 중노동에 허덕이는데 그 부족 남자들은 긴 곰방대를 하나같이 입에 물고 하루 종일 노닥거리며 할 일 없이 노는 것이 일상이다. 왜 일을 하지 않느냐는 인터뷰에 '남자가 그런 일 하는 것은 창피한 것이라 아내가 고생하는 건 알지만 어쩔 수 없다'고 답한다.

인격이 가족과 타인에 대한 사랑과 배려임을 떠올려보며 가슴이 먹먹해졌다. 친한 관계일수록 함부로 대하지 않는 존중과 배려의 인격, 허물을 고백하는 부끄러움을 사랑할 수 있는 겸손과 같은 잘못을 반복하지 않고 사는 인격을 소망해본다.

인생의 고통과 아픔은 악과 허물에서 온다. 내세울 만한 일이 없고 후회되는 일만 늘어나는 것은 몰인격이 주범이다. 살다 보면 제일 힘든 것 중의 하나가 힘을 빼는 일임을 직면하게 된다.

톨스토이는 "선을 하는 데는 노력이 필요하다. 그러나 악을 억제하려면 더 노력해야 한다"라고 했다. 교만에서 겸손으로, 고집과 아집에서 온유로, 이기심에서 이타심으로 자신을 내려놓는 연습을 통해 인격은 수양된다.

삶의 유한성은 우리에게 어떻게 살 것인지를 묻는다. 인격은 옳게 답하는 것보다 옳게 질문하는 시간 속에서 깊어진다. 오늘은 내 남은 생애의 첫날이고 가장 젊은 날임을 마음에 두고 매일 새롭게 살아내는 것이 인격을 높인다.

'보석상은 천 개의 유리구슬보다도 한 개의 다이아몬드를 더 소중히 여긴다'라는 말이 있다. 살면서 '하고 싶지만 하지 말아야 할 것'과 '하기 싫지만 꼭 해야 할 것'들을 분별하는 지혜와 단호한 의지로 허물을 줄이며 살 수 있게 해주는 삶의 다이아몬드는 인격이다.

견과
관

생명의 시작과 끝은 눈의 뜸과 감음이다. 태어날 때 눈 떠 죽을 때 눈 감는다. 살아간다는 것은 눈 떠 눈 감을 때까지 무엇인가를 보는 시간이다. 볼 수 있음은 생生이고 볼 수 없음은 사死다. 본다는 것은 겉과 표면을 보는데 그치지 않고 속과 내면까지 볼 수 있음을 뜻한다. 일상에서 마주치는 현상의 본질을 간파하지 못하고, 말하는 이의 속마음을 읽어내지 못한다면 사死의 세계에 머물며 사는 것과 다를 바 없다. 눈뜨고도 속과 내면을 보지 못하고 살아가는 사람의 삶은 허구에 가깝다.

세상은 보여줌과 감춤이란 메커니즘의 합合이다. 세상살이는 보여주고 싶은 마음과 감추고 싶은 마음의 틈바구니에서 자신이 추구하는 가치를 지키며 살아남아야 하는 여정이다. 보여주고 싶은 마음에는 허세와 과시가 똬리를 틀기 쉽고, 감추고 싶은 마음에는 속임수와 사기가 난무하고 넘친다. 누군가의 허세와 과시, 속임수와 사기에 농락당하지 않고 산다는 것은 세상과 사람을 제대로 꿰뚫어보며 산다는 것과 같다.

무엇인가를 본다는 것은 견見과 관觀이다. 견은 생각 없이 흘려 보지만 관은 생각을 덧붙여 가며 본다는 점에서 확연히 다르다.

안도현 시인은 "예술가가 세상을 바라보는 것은 그저 '보기見' 가 아니라 '꿰뚫어보기觀' 다. 통찰력이 가미되어야 예술로서 요건을 갖추게 된다" 라고 말한다. 관의 시각에서 잉태되는 통찰력은 예술가만의 전유물이 아니라 보통사람이 험난한 세파를 견디며 살아가게 해주는 방법론이고 구세주다.

관은 하나의 현상과 어떤 이의 마음을 들여다보고 헤아려 보는 것이다. 일상에 통찰력이 더해질 때 헛헛함과 서러움을 덜 남기는 인생으로 살게 됨은 자명한 일이다.

미래학자 최윤식은 이렇게 말한다.

"통찰은 전체를 환하고 예리하게 살펴, 꿰뚫어 봄이다. 통찰력은 과학이다. 통찰력을 발휘하려면 예리한 판단력, 다양한 관점, 전체를 보는 태도가 필요하다. 변하지 않는 것에 대한 통찰력은 면밀한 관찰과 전체를 보는 시각으로 실체를 간파하는 능력이다. 변하는 것에 대한 통찰력은 사물이나 사건, 혹은 세상의 겉모양이나 속 바탕이 달라지는 것 혹은 움직여 옮겨지는 것을 간파하는 능력이다."

인생에 정답이 없다면 세상살이는 최적의 대안을 찾아가는 과정이다. 최적의 대안은 사회현상과 사람을 제대로 꿰뚫어보고 읽어내는 통찰력에서 나온다. 무엇을 어떻게 보며 사는지가 한 사람의 인생과 역사를 만든다.

세상을 관과 통찰력으로 보는 사람의 나이와 지혜의 무게는 비례한다. 스무 살 청년의 지혜 무게가 20킬로그램이라면 쉰 살 어른의 지혜 무게는 50킬로그램이 되는 것이 인생셈법이다. 그러나 살다 보면 쉰 살 어른의 지혜 무게가 20킬로그램에서 멈춘 어른아이를 가끔 본다. 통찰이 배제된 사람에게 나이에 비례하는 지혜를 기대하는 것은 어불성설이다. 간혹 보면 스무 살 청년의 지혜 무게가 50킬로그램이나 되는 아이어른도 있다. 이른 나이에 사물의 이치를 분별할 줄 아는 능력을 지니는 것도 통찰의 힘이다.

고은 시인은 〈자작나무 숲으로 가서〉란 시에서 "나는 어린 시절에 이미 늙어버렸다. 여기 와서 나는 또 태어나야 한다"라고 했다. 봄만 되면 움트는 새순마냥 오십 중반에 접어든 내 인생도 해마다 새롭게 태어나길 기대하며 내 마음을 들여다본다. 일상에 마주치는 현상과 사람의 마음을 흘려보내지 않고 정곡을 꿰뚫어 보면서 인생의 방향을 되짚어 보고 싶은 날이다.

고개를 숙이면
부딪치는 법이 없다

얼마 전 집 근처에 있는 상점에 들렀을 때 목격한 일이다. 어떤 엄마가 대여섯 살쯤 된 아이에게 "네가 애냐?" 며 면박을 준다. 그것도 큰소리로 말이다. 주변에 있는 사람들의 시선은 안중에도 없다. 혼내는 엄마에게서 아이가 창피할 수도 있다는 생각을 찾아보긴 어렵다. 그 엄마는 아이에게 어른의 모습을 기대했던 모양이다. 아이의 풀죽은 표정에서 기가 꺾여있음을 보게 되어 씁쓸했다.

그 상점에서 쇼핑을 하다가 우연히 직원들이 있는 광경을 목격하게 되었다. 화가 나 있는 젊은 여자는 팀장인 듯했고, 고개를 숙이고 있는 나이 많은 아주머니는 팀원인 듯했다. 무엇을 잘못했는지 쩔쩔매고 있는 나이 많은 팀원에게 30세 안팎으로 보이는 팀장이 "내가 이렇게 하지 말라고 했지?" 반말로 고함치는 모습을 보며 큰 충격을 받았다. '권세는 탐닉하기 쉬운 것이라 오만방자해지기 마련이다' 라는 말이 떠올랐다. 다른 사람보다 윗자리에 있을수록 예의와 겸손의 미덕을 갖추는 것이 중요하다.

'고개를 숙이면 부딪치는 법이 없다' 라는 말이 있다. 이 말은 조선 초 맹사성에게 한 고승이 준 가르침이다. 맹사성은 열아홉에 장원급제하여 스무 살에 군수라는 높은 자리에 올라 자만심으로 가득했다. 그러던 어느 날 맹사성은 그 고을에서 유명하다는 선사를 찾아가 물었다.

"이 고을을 다스리는 사람으로서 내가 최고로 삼아야 할 좌우명이 무엇이라 생각하오?" 그러자 스님이 "나쁜 일을 하지 않고 착한 일을 많이 베풀면 된다" 라고 말했다. 그러자 맹사성은 "그런 건 삼척동자도 다 아는 이치인데, 먼 길 온 내게 해줄 말이 고작 그것뿐이오?" 라며 거만하게 말하고 자리에서 일어나려 했다. 그때 스님이 차나 한잔하자고 붙잡았다. 그런데 스님은 맹사성의 찻잔에 찻물이 넘치는데도 계속 차를 따르는 것이었다. 이게 무슨 짓이냐고 소리치는 맹사성에게 스님은 말했다.

"찻물이 넘쳐 방바닥을 적시는 것은 알고, 지식이 넘쳐 인품을 망치는 것은 어찌 모르십니까?"

이 말을 듣고 부끄러웠던 맹사성은 황급히 일어나 방문을 열고 나가려다 문지방에 머리를 세게 부딪치고 말았다. 그러자 스님이 빙그레 웃으며 이렇게 말했다.

"고개를 숙이면 부딪치는 법이 없습니다."

문득 직장에서 흔히 목격되는 사람 풍경이 떠오른다. 윗사람이라고 아랫사람에게 함부로 말하고, 기본적인 예의도 지키지 않고 무례하게 대하는 모습을 보면 넘치는 찻물을 보는 것 같다. 함께 근무하는 다른 사람들은 안중에도 없다는 듯 큰 소리로 전화 통화하는 모습이나 업무처리로 바쁜 직원들 옆에서 테니스 라켓이나 골프채를 휘두르는 모습을 보면 문지방에 머리를 세게 부딪치고 있는 맹사성이 떠올라 쓸쓸한 웃음을 짓게 된다.

상점에서 우연히 목격된 일들을 보며 예의와 겸손의 가치가 얼마나 큰 것인지를 생각하게 된다. 일상의 삶에서 겸손을 만나고 행하기가 얼마나 어려운지도 알게 된다. 살아가면서 사람의 인격과 품격을 무서워할 줄 아는 지혜도 필요하다. 겸손도 자기계발이다.

누구를
만나는가

누군가가 나에게 '지금 하고 있는 일'이 가슴을 뛰게 하느냐고 묻는다면 어떻게 답할 것인지를 생각해본다. 어떤 사람을 만날 때 가슴이 뛰는지도 떠올려 본다. 누구나 살면서 가슴을 뛰게 하는 일과 사람을 만나길 원한다. 그러나 세상은 쉽게 허락하지 않는다. 세상살이는 미리 귀띔해주는 법이 없기 때문이다. 가슴 뛰게 하는 일을 찾고 가슴 설레게 하는 사람을 만나고자 할 때는 더욱 그렇다.

세상이 나에게 늘 기회를 주지는 않는다. 그래서 기회다 싶으면 꽉 움켜잡고 놓쳐서는 안 된다. 기회는 관심에 비례한다. 세상은 아는 만큼 보인다고 한다. 기회도 관심의 크기와 넓이만큼 보이고 만날 수 있다. 세상을 살면서 기회가 있고 없고는 내 몫이다.

나는 우리나라 최초로 대학에 '성공학 개론'을 개설한 교수이자 성공 컨설턴트로 연간 500회 이상의 강의와 방송에 출연하는 성공

전략연구소의 이내화 대표를 만났다. 자기계발 분야 도서 출간도 활발하게 하면서 1인 기업가로 성공한 분이다. 내가 꿈꾸고 있는 분야에서 성공한 분과의 만남이라 그때의 가슴 떨림을 잊을 수가 없다.

이내화 대표와는 교육담당자와 강사라는 업무관계로 만났다. 처음 만났을 때 내가 간절히 하고 싶은 일을 이야기하면서 집에 초대를 받았고 인연이 되었다. 나는 처음 보는 사람과의 낯가림이 있는 편이다. 그런데도 세 번 만난 분의 초대를 받아 저녁을 먹는데 전혀 불편함을 느끼지 못했다. 상대방을 편하게 해주는 그분의 배려심 덕분이 아닌가 싶다. 물론 성공한 1인 기업가의 삶을 보고 싶었던 나의 간절함도 작용했을 것이다.

성공한 1인 기업가의 서재와 집필실을 구경할 수 있는 기회를 얻었다. 성공 컨설턴트로서의 삶이 한눈에 들어왔다. 서재를 가득 채우고 있는 신문 스크랩, 핵심 키워드가 가득한 메모판이 인상적이었다. 1인 기업가의 길을 걷게 된 배경부터 성공에 이르기까지의 여정을 듣게 되었다. 나는 이야기를 들으면서 성공한 사람의 열정을 보고 느꼈다. 나에게 한 가지라도 더 알려주고 싶어하는 마음을 읽었다. 그분의 목소리 톤에서 지금 하고 있는 일을 얼마나 하고 싶어하는지가 느껴졌다. 그날 나는 그분이 출간한 《웰레스트》란 책에 친필 사인한 책을 받는 덤도 얻었다. 나는 그분과의 만남을 잊을 수가 없다. 내 인생의 터닝포인트가 될 수도 있겠다는 희망을 만나고 보았기 때문이다.

고도원 작가는 《꿈이 그대를 춤추게 하라》는 책에서 "좋은 사람을 만나려면 내가 먼저 좋은 사람이 되어야 한다. 나와 같은 울림을 가진 사람, 좋은 주파수를 함께할 수 있는 이들이 내 주변에 많다면 그것이 성공한 인생, 행복한 인생일 것이다"라고 말한다.

가슴 뛰게 하는 사람을 만나고 싶다면 내가 먼저 가슴 뛰게 하는 사람이 되는 것이 우선이다. 우리가 특정 분야에서 한 획을 긋는 데 성공한 사람들을 직접 만날 기회는 거의 없다. 나는 그분을 통해서 성공한 사람들의 일상을 그려볼 수 있는 기회도 얻었다.

프린스턴대학교의 심리학과 교수이자 노벨상 수상자인 대니얼 카너만의 행복에 대한 정의다.

"행복이란 하루 중에 행복한 시간이 얼마나 되느냐에 따라 결정된다. 하루 중에 기분 좋은 시간이 길면 길수록 행복한 것이고 기분 좋은 시간이 짧으면 짧을수록 불행한 것이다."

이내화 대표를 만난 이후에 기분 좋은 시간이 늘고 있는 것만 보아도 나는 분명 행복한 사람이다.

뜨개질

생명의 한 토막인 하루하루를 소홀히 낭비하면서도 뉘우침이 없이 살다가 한 해의 끝자락에 맞닿고 말았다. 법정 스님은 "인간의 일상생활은 하나의 반복이다. 시들한 잡담과 약간의 호기심과 애매한 태도로서 행동한다. 여기에는 자기 성찰 같은 것은 거의 없고 다만 주어진 여건 속에 부침하면서 살아가는 범속한 일상인이 있을 뿐이다"라고 말했다. 새해가 되면 사람은 오래 사는 것보다 어떻게 사느냐가 더 중요한 문제임을 직면하게 된다.

세밑은 무슨 일을 어떻게 하며 한 해를 살았는지 차분한 마음으로 오던 길을 뒤돌아보게 한다. 한 해의 복기는 외부의 소리보다 자기 안에서 들리는 소리에 귀 기울이는 수고스러움이고 순간순간을 아무렇게나 허투루 살지 않겠다는 다짐의 시간이다. 자신의 속 얼굴을 들여다보고 속마음을 돌이키는 일로써 인생의 의미를 심화시키는 회심回心의 시간인 셈이다. 살면서 안일했던 일상을 찾아 마음속으로 절절히 느끼며 성찰하고 깨우치는 시간이다.

새해 벽두에 아내에게 뜨개질을 하며 경험했던 에피소드를 들었다. 뜨개질을 할 때 깜빡 졸거나 딴생각을 하며 뜨다 보면 코가 빠지거나 무늬가 잘못 짜여 직물이 울거나 무늬가 엉터리로 나온다고 했다. 이때 이미 뜬 게 아깝다고 그대로 두면 코가 빠져 평생 우그러진 옷이거나 무늬가 잘못된 옷을 입게 된다고 한다. 실수로 잘못 짰을 때는 이미 뜬 게 아무리 아깝더라도 과감히 풀어서 다시 짜야 한다고 했다. 이미 한 번 짰던 실이라 새 실에 비해서 신선감은 떨어지지만 그래도 다시 짜는 게 제대로 된 옷을 입는 바른 방법이라는 것이다. 한 번 짰던 실이라 꼬불거리는 흠이 생기긴 했지만 꼬불거리는 실에 따뜻한 온기를 쐬어주는 노력을 하면 새 실처럼 복원되어 자신이 원하는 옷을 짜서 입을 수 있다는 말도 덧붙였다.

뜨개질에서 삶을 들여다본다. 깜빡 졸거나 딴생각에 빠져 뜨개질에 집중하지 않으면 잘못된 결과물이 나오듯이 좋은 삶에 집중하지 않고 딴생각에 빠지거나 생각 없이 행동하면 자신이 원하지 않은 엉뚱한 결과물로 곤혹을 치르게 된다.

뜨개질을 할 때 코가 빠지면 우그러진 옷을 입거나 코가 빠진 부분은 계속 울이 풀려 결국 그 옷을 못 입게 되는 결과를 맞이하는 것처럼 삶도 잘못된 결과물을 그대로 덮어버리거나 모르는 척 넘겨버리기 바빠 잘못된 시간을 바로 잡으려는 철저한 자기반성의 과정이 없으면 우그러진 찌질한 인생을 살게 되거나 파국을 맞게 된다.

《법구경》에 나오는 "녹은 쇠에서 생긴 것인데 점점 그 쇠를 먹는다"라는 비유처럼 온전한 사람이 되려면 내 마음을 내가 제대로 쓸 줄 알아야 한다. 하루하루를 온전하게 살아내지 못하면 한 해가 녹슬고 만다. 모진 비바람에도 끄떡 않고 꿋꿋하게 고집스럽기만 하던 소나무들이 가지 끝에 사뿐사뿐 내려 쌓이는 가볍고 하얀 눈에 꺾이고 마는 것처럼 인생살이의 길흉화복은 하루하루의 시간으로 결정된다.

삶의 뜨개질은 고결한 인품을 키우고, 생의 의미를 깊게 하는 시간으로 승화시키는 작업이다. 잘못 짠 시간을 낱낱이 찾아내 철저하게 반성하고 이미 상처받은 시간에 따뜻한 입김을 불어넣는 성찰이 행복으로 채워지는 산뜻한 삶을 짜게 해줄 것이다. 남들이 정해놓고 제시하는 표준시간표가 아니라 자신이 가장 하고 싶은 것으로만 짜인 자신만의 시간표를 찾는 작업이 연초에 해야 할 몫이다. 삶을 뜨개질 할 때 정신 줄을 붙잡고 사는 수고스러움이 인생의 과오와 오점을 줄인다.

맷집

　신입사원들과 오대산 종주훈련 캠프를 다녀왔다. 오대산휴게소에서 출발해 양양 하조대에 이르는 35킬로미터 거리를 야간에 11시간 동안 걸어 완주했다. 평소 근력 운동이 부족했던 나는 근육의 통증을 혹독하게 겪었다. 걷는 거리와 시간이 늘어날수록 고통의 무게는 비례했고 힘듦과 앰뷸런스의 유혹도 비례했다.

　나 혼자였다면 중도 포기가 주는 편안함을 쉽게 선택했겠지만 신입사원들에 대한 의식이 종착지까지 버티는 힘이 되었고 '멀리 가려면 함께 가라'는 아프리카 속담의 힘을 체험했다. 산행 다음 날 걷는 데 불편했던 근육의 빠른 회복을 느끼며 삶의 고통과 어려움을 견디게 해주는 맷집, 역경을 극복하는 힘은 무엇일까 생각한다.

　한 치 앞도 모르는 세상에서 누구나 어려움을 견디며 사는 것이 인생이고 삶이다. 삶이 주는 고통의 무게는 다를지 모르지만 어느 누구도 고통을 피해갈 수는 없다. 세상살이의 촌음寸陰 앞에는 불안과 희망이 공존한다.

한 치 앞 세상에 희망을 두고 살 때 고통과 실패를 견디고 버티는 힘이 생긴다. 촌각으로 변하는 세상을 떠올리면 머무르거나 게으름을 피울 겨를이 없다. 삶은 고통과 시련을 버텨내고 이겨내는 여정이다. 삶의 고통과 힘듦을 버텨내며 한 걸음, 한 걸음씩 뚜벅뚜벅 내딛는 일상의 발걸음 자체가 위대하다. 삶의 어깨를 짓누르는 어려움에 굽히지 않고 끝까지 맞서고 감내하는 인고의 시간은 생명이고 생존이다. 누군가 퍼붓는 조롱과 멸시를 배기지 못함은 소멸이고 죽음이다.

세파를 견뎌내는 힘이 삶을 가른다. 모질고 거센 세상의 어려움에 포기하지 않는 끈질긴 근성이 맷집이다. 삶의 맷집은 고통의 터널을 지날 때 '이 또한 지나가리라' 는 솔로몬의 말을 버팀목으로 견뎌낼 때 키워진다.

도종환 시인은 '겨울나기' 란 시에서 "이 겨울 우리 몇몇만 / 언 손을 마주 잡고 떨고 있는 듯해도 / 모두들 어떻게든 살아 견디고 있다. / 모두들 어떻게든 살아 이기고 있다" 며 고통을 힘들게 견디면서 살아가는 이들을 위로하고 격려한다. 운동선수들이 고통을 에너지로 승화시키듯 성공한 이들은 고통을 성취로 이끈다. 마라토너가 극한 고통을 인내하고 버텨내 완주를 이끌 듯 포기를 모르고 도전하는 이의 삶은 아름답고 경이롭다.

삶의 맷집은 자존심에 상처를 입어도 쉽게 굽히지 않고 버티는 두둑한 배짱에서 키워진다. 일상의 찰나에 겪게 되는 모욕, 부당함, 몰상식을 견디고 참아내는 배짱이 생존의 경쟁력이고 인품이다.

평상심을 잃고 '욱' 하는 감정에서 토해지는 행동은 거칠고 그 언어는 파괴적이다. 누군가의 모멸감과 혐오감에 울분을 토해보지만 세상은 나와 무관하게 돌아간다. 내게 어떤 고난과 역경이 닥쳐도 눈 하나 깜짝하지 않고 잘 굴러가는 것이 세상이다. 개인의 자존감을 뒤흔드는 세상에 연연하지 않고 초연할 수 있는 힘은 자신에 대한 무한 믿음과 신뢰에서 나온다.

삶에 찰싹 달라붙어 나를 괴롭혔던 불행의 경험은 행복과 성공 욕구를 자극했고 일상을 실천 의지로 채웠다. 내게 행복했던 경험은 어떤 한계에 부딪혀 좌절하고 포기하려 할 때 용기를 주는 버팀목이 되었다.

왕관을 쓰고 싶다면 그 무게를 견뎌야 하듯 행복을 누리고 싶다면 불행의 무게를 견뎌야 한다. 산악인 박정헌 대장이 "추락도 등반의 한 과정이다"라고 말하듯 삶이 주는 고통과 좌절도 인생의 한 과정이다. 올 한 해 고통과 힘듦을 견뎌낸 시간만큼 내년에 대한 기대감과 희망에 가슴이 뛴다.

무리한 힘쓰기는
독이다

생명체에 힘은 생존이고 힘없음은 죽음이다. 생태계 먹이 사슬을 지배하는 메커니즘의 근간은 힘이다. 적자생존의 정글법칙에 힘의 논리가 통하듯 세상살이에도 힘의 논리에서 나오는 승자독식의 지배가 통한다. 인류의 진화과정에서 힘의 가치와 위력은 검증된 양만큼 유전자에 고스란히 남겨져 우리에게 힘은 성공과 행복의 척도로 인식된 지 오래다.

주변을 보면 남에게 뽐내거나 거들먹거리며 자랑할 만한 권력과 힘을 키우기 위해 안달하며 사는 사람이 넘친다. 힘과 권력을 가진 사람을 부러워하기 바쁘고 힘의 논리에 학습되고 중독되어 모든 것을 힘으로 해결하려 든다.

내게도 물건을 사용할 때 뭐든지 무리하게 힘을 써 돌리고, 비틀고, 잡아당기는 습관이 있다. 한번은 설거지를 하는데 주방 개수대

밑 배수관에서 물이 갑자기 뿜어져 나와 난리가 난 적이 있다. 경황이 없어 우왕좌왕하는 내 모습에 놀란 아내가 배수관 터진 곳을 행주로 틀어막고 나서야 겨우 정신을 차려 관리사무소에 도움을 청해 일단락됐다.

이날 물난리도 설거지를 하면서 개수대에 뽑아 쓸 수 있도록 설치된 수도꼭지 호스가 잘 빠지지 않자 원인을 살펴보지 않고 무리하게 힘으로만 잡아당겨 사단이 난 것이다. 아내는 이런 나를 '기계치'로 인식하고 뭐든 손대는 것마다 망가뜨리는 '마이너스의 손'이라 부른다. 이날도 아내의 잔소리에 한마디 변명도 못하고 진땀만 뺐다.

주말부부 생활로 일산에서 거주할 때 전세로 얻은 아파트 세면대 배수관에서 물이 새 나왔다. 배수관 연결 홈이 망가져 있는 흔적만 봐도 전에 살던 사람이 배수관 연결 홈에 무리한 힘을 썼다는 것이 자명했다. 망가진 홈을 보면서 나처럼 힘으로만 해결하려고 애쓰던 사람이 살았었다는 생각에 웃음이 나기도 하고 동병상련이 느껴져 위안이 됐다.

물건이나 전자제품을 다룰 때 무리한 힘으로 작동하기보다 나름의 원리를 이용하면 편리하고 쉽다. 힘을 쓰지 말아야 할 때 무리하게 쓰면 고장이 나고 망가져 난감한 경우를 당하게 된다. 힘을 쓸 때도 사용설명서를 읽어본 후 제대로 잘 쓰는 것이 생활의 지혜.

살면서 무엇이든 시도 때도 없이 힘의 논리를 들이대면 그 대가는 참담하고 혹독한 경우가 많다. 힘을 무리하게 쓰면 문제가 되는 것은 세상살이 이치에도 마찬가지다. 힘의 사용을 보면 그 사람의 인격을 가늠할 수 있다. 힘이 수직적인 관점에서 잘못 쓰이면 남용되기 쉽고, 힘이 수평적인 관점에서 잘 쓰이면 배려가 된다.

힘이 권력의 논리로 잘못 쓰이면 뻔뻔함으로 부끄럽고, 힘이 인격의 논리로 잘 쓰이면 겸손함으로 당당하다. 권력과 직급에서 주어지는 힘을 남용해 눈살을 찌푸리게 하고 원성을 사는 경우를 주변에서 종종 본다. 힘과 권력은 잘 쓰면 보시報施가 되고 덕德이 되지만 잘못 쓰면 화禍가 되고 독毒이 된다.

세상사는 고리처럼 서로서로 연결되어 있어 그중 하나가 아프면 다 같이 아프다. 혜민 스님은 "자신의 위치를 이용해서 내가 힘없는 사람이라고 함부로 무시하고 짓밟던 그 사람이 생각날 때마다, 우리의 상처가 너무나 깊어서 몸과 마음이 만신창이가 된 것 같은 순간들이 있다"라고 말한다.

너나없이 권력과 직급에서 주어지는 힘을 휘두르기보다는 상대방이 아프지 않도록 서로 아껴주고 배려하는 방향으로 쓰이길 기대해본다.

변곡점

인생은 산맥 등반의 여정이다. 살다 보면 희비쌍곡선의 변곡점과 맞닥뜨린다. 변곡점은 곡선이 요凹에서 철凸로, 철에서 요로 바뀌는 점이다. 어떤 일이나 상황을 새롭게 바꾸어 나간다는 측면에서 전환점과 같다.

이내화 강사는 "직장인은 좋든 싫든 50세쯤 되면 인생의 변곡점이라 할 수 있는 퇴직이란 '새로운 업'을 만나게 된다. 퇴직할 때쯤이면 CEO 되기, EXPERT 되기, OUT 되기 중 한 길을 가야 한다. 인생의 변곡점은 업業에 탄력을 주어 인생을 업up시켜주고 삶을 수직이동 시켜주는 터닝포인트다"라고 말한다. 나이와 상관없이 적용되는 생존의 키워드는 변곡점 찾기와 준비하기다.

취업포털 잡코리아가 직장인을 대상으로 실시한 설문조사에서 인생의 터닝포인트가 '있다'고 응답한 비율이 60퍼센트로 나타났다. 직장인 5명 중 3명은 인생의 터닝포인트를 경험했고, 그 시기는 취업(51.1퍼센트), 결혼(30.9퍼센트), 이직(24.8퍼센트) 순이었다. 인생의 터닝포인트를 경험하지 못한 75퍼센트는 앞으로 인생의 터닝포인트가 올 것으로 기대하고 있으며, 인생의 터닝포인트를 만들기 위해 노력하고 있는 분야는 직무능력 향상(46.8퍼센트), 자격증 취득(40.4퍼센트), 어학 공부(39.5퍼센트) 등이었다. 인생의 터닝 포인트를 만들기 위해 필요한 삶의 자세로는 도전적인 삶(32.6퍼센트), 열정적인 삶(32.4퍼센트), 긍정적인 삶(19.1퍼센트) 순으로 나타났다.

인생의 변곡점은 진퇴進退, 성패成敗, 행불행幸不幸이 공존하는 용소龍沼다. 조직이든 사람이든 크게 변화하고 달라지는 시기, 살아남기 위해 변화의 무게를 절감하게 되는 시기를 만나게 된다.

인텔 회장 앤드류 그로브는 "비즈니스를 하는 과정에서 변곡점은 반드시 다가오며, 변곡점으로부터 시작된 변화는 새롭게 성장할 수 있는 계기가 될 수도 있고, 사업의 끝을 알리는 전조가 될 수도 있다. 변곡점은 아주 작은 변화로부터 시작될 수 있고, 그것을 제대로 파악하지 못했을 경우에는 승자가 될 수 없다"라고 말한다.

찰스 핸디는 생물의 생장을 시간대별로 측정한 결과를 그래프로 표시한 '시그모이드 곡선'의 원리를 제시했다. 생장은 처음에는 완만하게 증가하다가 급속하게 생장하는 부분을 거쳐 마지막에는 서서히 생장한 후 정지하게 되면서 S자 곡선을 이룬다는 원리다.

인간과 조직의 흥망성쇠는 시그모이드 곡선의 형태로 나타난다. 인생의 변곡점은 잘 나갈 때, 큰 걱정이 없을 때, 호의호식하고 있을 때, 태평성대를 누릴 때 찾아야 되고, 하향곡선을 그리기 전에 상승곡선의 끝자락에서 실행에 옮겨져야 한다. 변곡점을 재도약의 발판으로 삼으려면 어떤 일이 고통스러운 감정을 자극할 때 이를 무의식적으로 억압하거나 지각 자체를 거부하는 '심리적 거부' 현상을 극복할 수 있어야 한다.

삶과 '반드시' 는 숙명적인 관계다. 누구나 반드시 퇴직하고, 늙고, 병들고, 죽는다. 반드시 오는 것은 반드시 준비해야 한다. 지금은 50대만 은퇴 걱정을 하고 변곡점을 찾는 시대가 아니다. 하버드대 명예교수 하워드 스티븐슨은 "지금 걸려 넘어진 그 자리가 당신의 전환점이다" 고 말한다.

인생의 변곡점은 '진정으로 원하는 것, 어떤 사람으로 변하길 원하는지, 나에게 정말 중요한 것은 무엇인지, 재능을 살려서 더 하고 싶은 일은 무엇인지' 를 답하는 과정이다. 변곡점은 출구전략이다. 100세 시대의 가치는 '입구' 가 아니라 '출구' 다. 퇴직을 코앞에 두고 있는 나에게 변곡점은 또 다른 절박함과 꿈을 꾸게 한다.

빼기

삶은 더하기와 빼기의 조합이다. 무엇을 더하고 빼며 살아야 되는지 묻고 답하는 것이 인생이다. 사람들은 무언가를 빼기보다 더하기에 매력을 느끼고 관심을 두며 산다. 삶의 본질을 찾는 빼기보다는 보태고 더하는데 일상이 분주하다.

성공한 삶은 더하기라는 듯 물욕을 더하고 권력욕을 더하고 체면치레를 더한다. 우리들의 소유 관념이 때로는 우리들의 눈을 멀게 한다. 그래서 자기의 분수까지도 돌볼 새 없이 들뜬다.

인생의 멋과 격조는 더하기보다 빼기 관점으로 완성된다. 명품은 자질구레하고 번잡스러움을 걷어내고 빼고 또 빼는 과정에서 남게 된 걸작이다.

명품의 가치는 디자인에서 풍기는 단순함과 겉치레에 치중하지 않고 만들어진 기능의 충실함에서 빛난다. 물건을 보면 모조품이고 가짜일수록 치장이 자꾸 더해져 조잡스럽다. 사람도 본질에서 멀어져 있는 삶일수록 겉을 치장하느라 바쁘다.

직장에서 직위에 충실한 사람은 담백하고 명쾌한 반면, 직분을 망각한 사람일수록 직위에 치장을 더하느라 바쁘다. 권위에 거만을 더하느라 의전이 가장 중요한 일이 되고, '나만 옳다' 는 자만이 더해져 회의시간은 함께 협의하는 시간이 아니라 훈계하고 지시하는 시간이 된다. '나 아니면 안 된다' 는 교만이 더해져 하나부터 열까지 간섭하고 결정권을 독점한다. 권력을 남용하는 오만이 더해져 자신의 말 한마디로 사람들을 좌지우지하고 쥐락펴락하려 든다.

법정 스님은 이렇게 말했다.

"인간의 역사는 어떻게 보면 소유사所有史처럼 느껴진다. 보다 많은 자기네 몫을 위해 끊임없이 싸우고 있다. 소유욕에는 한정도 없고 휴일도 없다. 그저 하나라도 더 많이 갖고자 하는 일념으로 출렁거리고 있다. 물건만으로는 성에 차질 않아 사람까지 소유하려 든다. 그 사람이 제 뜻대로 되지 않을 경우는 끔찍한 비극도 불사하면서. 제정신도 갖지 못한 처지에 남을 가지려 하는 것이다."

나이보다 젊게 산다는 것은 '빼기' 의 관점으로 사는 일상에서 나온다. 나이를 먹어갈수록 덕지덕지 붙는 '더하기' 의 유혹을 얼마나 잘 뿌리치느냐가 젊게 사는 비결이다. 어른 대접 받고 싶은 마음을 빼고, 가르치려는 마음을 빼고, 휘두르려는 마음을 빼고, 체면을 세우고 싶은 마음을 뺄 때 비로소 삶의 본질이 보인다.

나태주 시인은 이렇게 말한다.

"돈 가지고 잘 살기는 틀렸다. 명예나 권력, 미모 가지고도 이제는 틀렸다. 세상에는 돈 많은 사람들이 얼마나 많고 명예나 권력, 미모가 다락같이 높은 사람들이 얼마나 많은가? 요는 시간이다. 누구나 공평하게 허락된 시간. 그 시간을 어디에 어떻게 써먹느냐가 열쇠다. 그리고 선택이다. 내 좋은 일, 내 기쁜 일, 내가 하고 싶은 일 고르고 골라 하루나 한 시간, 순간순간을 살아보라. 어느새 나는 빛나는 사람이 되고 기쁜 사람이 되고 스스로 아름다운 사람이 될 것이다. 틀린 것은 처음부터 틀린 일이 아니었다. 틀린 것이 옳은 것이었고 좋은 것이었다."

살면서 표면을 넘어 핵심을 직시하고, 껍데기를 꿰뚫고 알맹이를 얻는 일, 현상에 속박되지 않고 본질로 돌아가는 일상이 빼기의 삶이다. 외면에 휘둘리는 마음을 걷어내고 내면에 충실한 일상이 빼기의 인생이다.

물욕, 권력욕, 체면치레를 더하느라 정작 더하여야 할 사랑하고 배려하는 좋은 일, 기쁜 일, 아름다운 일을 놓치고 사는 것은 아닌지 되돌아볼 일이다.

산행

　안성 인근에 있는 수덕산을 다녀왔다. 중복 더위를 피해 계곡으로 찾아든 가족의 모습이 정겹고 행복해 보인다. 초입부터 급경사가 만만찮아 산행이 고단했다. 진땀이 흐르고 들숨과 날숨이 가빠졌고 눈에 초점이 흐려질 만큼 기력이 쇠했음에 경악했다. 뒤따라오는 부부에게 나약한 체력을 보이고 싶지 않은 태도도 기력 소진에 한몫했다. 숨이 막혀올 무렵 '살면서 가장 슬픈 일은 하늘이 준 나이를 다 못 살고 도중에 죽는 것이다' 라는 말이 스치는 순간 소름이 끼쳤다.

　산행을 포기할까 망설이다 등산로 양 옆에 설치된 밧줄의 힘을 빌려 쓰며 산 중턱쯤에 올라 의자에 파김치가 된 몸을 기댔다. 가쁜 숨을 돌릴 즈음 석암사에서 스님의 염불 소리가 나지막하지만 청아하게 들려온다.

　염불은 스님이 본질을 찾고 만나는 시간이고 업에 충실한 구도의 정수다. 사람으로서 차마 해서는 안 될 일과 차마 하지 않으면 안 될 일들을 분별없이 살아온 나에게 그릇된 의식을 깨우려는 산사의 죽비가 어깨를 내리치는 느낌이 들었다.

산행의 힘듦과 버거움을 버티고 정상에 올랐다. 정상에서 산 아래를 굽어보며 와 닿는 느낌과 생각들은 정금正金 같이 귀한 시간이 주는 선물이다. 깨움이란 본성을 알고 그 안에 머무르는 삶을 사는 것이다. 진짜 본성은 시련의 와중에도 흔들림이 없다. 하루하루를 살아내는 일이 지나치게 버거우면 우리는 미래를 회피한다.

장석주 작가는 "함부로 겨울이 되지 마라. 매일 변해야 얼어붙지 않는다. 매일 변하되 쉽게 결정짓지 마라. 겨울의 그늘 속에서 쉽게 생을 단정 짓지 마라" 라고 말한다.

하산 길을 잘못 들어 한참 가다 뒤돌아나왔다. 이정표를 살피지 못하고 휘리릭 넘겨 내려오다 방향을 잃어 시간을 허비했고 힘을 뺐다. '산다는 것은 바로 이 순간에 온전히 집중해야 하는 일' 임을 망각하고 사는 내 일상이 드러나 얼굴이 화끈거렸다.

'내 활이 당긴 무수한 화살들은 기어이 내 가슴을 찾아온다' 라는 문장에도 감응한다. 살다 보면 치명적인 인생길로 들어서 일상이 지옥이 되기도 한다. 길을 잃은 뒤 자신이 처한 불확실성을 참아내는 법, 역경을 견디고 이겨내는 법을 배우게 해주는 것은 지혜다.

헨리 데이비드 소로는 "천천히 살며 오직 삶의 본질만 마주하고 삶이 내게 가르쳐준 것 중에서 배우지 못한 것은 없는지 살펴보기 위해서, 마침내 죽게 되었을 때에야 제대로 살지 않았다는 것을 깨닫지 않기 위해서 나는 숲으로 갔다"라고 말한다. 사유와 산행은 한 통속이다. 산행은 삶의 수평을 맞추고 내적 가치의 평형을 유지하고 새로운 의식을 찾기 위한 사색의 시간을 아낌없이 내준다.

사람답게 사는 바탕은 끊임없이 생각함에 있고, 늘 새롭게 생각함 속에서 진실한 삶이 나온다. 삶을 영혼이 마비된 것처럼 무감각하게 사는 사람은 파렴치한이 되기 쉽고 치욕적인 행동을 반복하게 된다. 일상이 불안하고 불행하다고 삶에서 도망치는 것은 어리석은 일이고 삶에 대한 예의가 아니다.

산다는 것은 바로 이 순간에 온전히 정성을 다하는 일이다. 살아 있다면 그 살아 있음에 기뻐하고 지금에 감사하며 살 때 지금이 삶의 근본이 되고, 지금이 삶의 중요한 구심점이 될 때 삶은 여유롭게 풀리기 시작하는 것이 세상 이치다. 매일을 다르게 살 수 있고 다른 내일을 상상할 수 있는 것만으로도 살아가는 원동력이다.

새끼 다람쥐
4형제

아내와 청주어린이회관 옆 등산로 코스로 상당산성에 올랐다. 이른 아침 나선 등산로는 주변 소나무의 그윽한 향기가 내뿜는 신선한 기운으로 가득하다.

산성 둘레 길에 다다라 벤치에 앉아 쉬는데 아내가 갑자기 손짓으로만 조용히 한곳을 가리켰다. 새끼 다람쥐 한 마리였다. 다람쥐의 분주한 움직임을 무심히 바라보는데 놀라운 광경이 펼쳐졌다. 하나의 줄기에서 주렁주렁 달려 나오는 고구마처럼 고만고만한 새끼 다람쥐들이 세 마리나 더 고개를 내미는 것이다. 덤불처럼 보이는 엉성한 곳이 실은 다람쥐의 둥지였고 새끼 다람쥐들은 둥지를 들락날락거리며 바깥 탐험을 막 시작한 듯했다.

둥지는 철쭉나무가 촘촘히 밀집된 곳에 있었다. 나무 밑동 비탈지고 덤불이 수북이 쌓인 곳에 자리잡은 둥지는 비바람도 막고 천적으로부터 눈속임하기에도 안성맞춤이다. 새끼 다람쥐들이 둥지

를 들락거리는 모습을 보니 "풀 방구리에 쥐 드나들 듯 한다"는 속
담이 무엇인지 실감이 났다. 앙증맞은 그 모습이 귀여워 사과와 찐
고구마를 잘게 잘라 던져주니 찐 고구마는 거들떠보지 않고 사과
만 앞발로 냉큼 움켜쥐고 맛있게 먹는다.

새끼 다람쥐 4형제가 둥지를 드나드는 모습이 제각각이다. 가장
먼저 나온 새끼는 주위를 경계하는 시간도 짧고 활동에 거침이 없
고 민첩한 도전형이다. 몸집이 네 마리 중 가장 크고 둥지를 드나들
때도 가장 먼저 나와 멀리까지 분주하게 돌진하다 맨 나중에 들어
간다. 어미 입장에서 보면 무모함과 경솔함이 느껴질 만큼 저돌적
이다. 두 번째로 모습을 보인 새끼는 주위를 살피는 신중함과 적극
성을 겸비한 모범생형으로 엄친아형이다. 나올 때는 신중하지만
일단 나온 후는 망설임 없이 적극적으로 탐험에 나선다.

세 번째 모습을 드러낸 새끼는 주위를 살피는데 지나치게 뜸을
들이는 엉거주춤형이다. 둥지에서 어렵게 나와서도 답답할 만큼
짧은 거리만 나왔다 들어가기를 반복한다. 맨 끝으로 모습을 드러
낸 새끼는 몸집도 가장 왜소하고 외부 환경이 두려운지 둥지에서
빼꼼히 얼굴만 내놓고 살피다 무엇에 놀랐는지 황급히 들어가 오
랫동안 보이지 않는 의기소침형이다.

새끼 다람쥐 4형제의 성향이 사람을 빼닮았다. 타고난 성향이 선

택의 결정 요인으로 작용한다. 선택에는 결단이 필요하고 결단하기를 머뭇거리면 선택의 시기를 놓칠 수 있다. 결단할 일이 생겼다는 것은 변화의 시기가 왔음을 뜻한다. 도전형과 모범생형 다람쥐의 적극적인 행동은 둥지 밖으로 나올 때가 되었다는 확신과 둥지 밖 넓은 세상을 탐험하겠다는 결단력에 근거한 선택의 결과다. 엉거주춤형과 의기소침형 다람쥐의 소극적인 행동은 현재의 좁은 둥지를 벗어나 보다 넓은 세상으로 나아가야 한다는 확신이나 결단력의 부족에 기인한다.

김낙회 전 제일기획 대표는 "다른 것을 포기하고서라도 반드시 지켜내야 할 그 무언가를 아직 찾지 못했기 때문에 확신을 갖지 못하고, 나만의 원칙이 확고하면 언제 어느 곳에서 결단의 순간이 닥쳐와도 흔들릴 일이 없다. 결단을 내리면 내가 상황을 주도할 수 있지만, 결단하지 못하면 상황에 끌려갈 수밖에 없다"라고 말한다.

앙증맞은 새끼 다람쥐 4형제가 아른거려 한 주 뒤 가랑비 내리는 날 다시 그곳을 찾아갔다. 비가 와서 어미가 외출 금지령을 내렸는지, 은신처를 옮겼는지 새끼 다람쥐들이 보이지 않는다. 다람쥐는 비를 싫어해서 비 오는 날은 밖으로 나오지 않는다는 인터넷 지식을 읽고 서운함을 달랬다. 나태주 시인의 "자세히 보아야 예쁘다. 오래 보아야 사랑스럽다. 너도 그렇다"라는 시구가 새끼다람쥐에게도 적용되는 듯 긴 여운으로 맴돈다.

생각에 생각을
더하다

삶은 생각과 행동이 만들어내는 예술작품이다. 인생의 설계는 생각으로 시작되고 행동으로 마무리 된다. 생각이 구슬이라면 행동은 생각을 꿰는 작업이다.

서은국 교수는 "인간은 진화의 산물이며, 모든 생각과 행위의 이유는 결국 생존을 위함이다" 라고 말한다.

미국의 심리학자 셰드 헴스테더 박사의 연구 결과인 '사람이 하루에 5만 가지 생각을 하는 것' 도 결국 생존과 관련이 있다. 생각은 유전자에 축적된 생존 경험의 산물이다. 제대로 된 생각에서 제대로 된 행동과 처신이 나오고, 잘못된 생각에서 제대로 된 행동과 처신을 기대하기 어려운 것이 세상살이다. 모든 사물의 이치를 끝까지 파고들어 앎에 이르게 하는 격물치지도 생각이 주는 결과물이다.

살다 보면 '닭이 먼저인지, 달걀이 먼저인지' 를 고민하듯 '생각이 행동을 지배하는지, 행동이 생각을 지배하는지' 아리송할 때가 있다. '10톤의 생각보다 1그램의 행동이 낫다' 는 글을 접한 이후 더욱 그렇다. 칼릴 지브란은 "잘 모르더라도 행동하는 것이 알고도 행동하지 않는 것보다 낫다"라고 말하지만 생각이 녹아들지 않은 섣부른 행동에는 치명적인 실수가 뒤따를 수 있다.

1그램의 신중한 생각이 10톤의 경거망동을 예방할 수 있는 것이 인생이다. 1그램의 생각이 1그램의 행동을 이끌고, 1톤의 생각이 1톤의 행동을 이끄는 것이 세상 이치다. '장고 끝에 악수 난다' 는 속담은 생각의 가치에 대한 폄하다.

생각은 한 사람의 가치를 드러내는 정체성이다. 어떤 생각을 갖고 사는지를 보면 그 사람의 인생이 보인다. 생각이 잘못되고 뒤틀린 사람은 다른 사람의 배려와 베풂을 자신이 당연히 누려야 할 권리로 여긴다. 뒤틀린 생각은 고맙고 감사해야 할 일을 원망스럽고 서운한 일로 치부해버린다.

누군가 정성 들여 베푸는 공功과 배려를 부족하다 욕하고 헛것으로 되돌리는 처신은 뒤틀리고 꼬인 생각이 주는 패악이다. 배려한 사람 입장에서 보면 황당한 일이고 기가 찰 노릇이며 불편한 감정의 찌꺼기는 마음속에 화가 되고 독이 된다.

배은망덕의 처신은 당하는 이의 감정을 진흙탕으로 만들고, 관계를 단절과 파멸로 몰아넣는다. 적대적인 관계를 청산하고 싶다면 생각에 순수한 마음 먹기와 긍정에너지를 담는 게 먼저다.

생각하는 힘이 행동을 결정한다. 머릿속에서 생각을 키우는 것만으로는 아무것도 성취할 수 없다고 하지만 생각에 성찰이 담기는 시간의 무게와 깊이가 지속적인 행동을 이끄는 원동력으로 작용한다. 깊은 성찰과 생각에서 나온 꿈에는 절박하고 간절함이 배어있고 끝까지 버티며 실행하게 해주는 힘이 내재되어 있다. 생각에 성찰이 담기지 않은 행동은 경솔하고 누군가에게 폭력이 될 수 있다.

작가 한비야는 "생각만이 네가 원하는 게 무엇인지 알게 해줄 뿐만 아니라, 그걸 찾아가는 과정에서 겪는 어려움을 견디게 해줄 것이다. 본질적인 물음에 답을 찾는 방법은 단 한 가지다. 생각하고, 생각하고 또 생각하는 거다"라고 말한다.

사유는 내면의 고통을 치유하고 깨달음에 이르게 해주는 첩경이다. 14세기 영국의 논리학자였던 오컴의 이름에서 탄생한 '오컴의 면도날 이론'은 "어떤 현상을 설명할 때 필요 이상의 가정과 개념들은 면도날로 베어낼 필요가 있다"라는 권고로 쓰인다.

살면서 수시로 접하는 잘못되고 뒤틀린 생각들을 오컴의 면도날로 베어내는 일상이 좋은 인생을 만든다. 프랑스 시인 폴 발레리의 "생각한 대로 살지 않으면 사는 대로 생각하게 된다"라는 말이 무게감 있게 다가온다.

시간
여행

　생명과 시간의 공존은 필연이고 거역할 수 없는 순리다. 시간은 밤도둑처럼 조용히 내 일상에 스며들어오는 생물이고, 시간이 생물임은 시간의 영속성으로 검증된다.

　시인 최하림은 "그림자도 없이 시간이 소리를 내며 물과 같은 하늘로 저렇듯 눈부시게 흘러간다"라고 했다. 내 의지와 무관하게 다가오는 시간의 일방성은 잔인하기까지 하다.

　작가 김훈은 "인간과 시간의 관계는 인간이 끝끝내 시간을 짝사랑하는 일방적 관계다. 시간은 인간 쪽으로 눈길 한번 주지 않는다. 인간은 시간으로부터 소외되어 있다"라고 말한다. 시간으로부터 소외당하지 않기 위해 지금 흘려보내고 있는 시간을 맹렬하고도 유연한 자세로 움켜쥐고 싶은 정유년이다.

　아내와 내장산에 터를 잡은 고찰 백양사에 다녀왔다. 결혼 27년에 접어든 우리 부부는 지금껏 기념일을 챙기며 사는 데 무심했다. 그러다 올 결혼기념일에는 좋은 추억 하나 만들고 싶은 마음에 이끌려 백양사로의 시간 여행을 택했다.

단풍이 절정일 때 인산인해를 이룬 방문객의 북적거림은 온데간데없고 산사는 고즈넉하고 적막하다. 한겨울에도 여전히 주렁주렁 매달려 있는 홍시에 넉넉한 인심이 묻어 있고, 텃새인 직박구리가 홍시를 쪼아 먹는데 내 마음이 포만감의 기별을 전한다. 산사 초입 700년 풍파를 견딘 갈참나무와 500년 세월을 버틴 비자나무가 위풍당당하다.

정유년을 열 번 이상 맞이했을 갈참나무와 비자나무 밑에서 시간의 무게감에 숙연해진다. 긴 세월 산사를 찾은 방문객을 지켜본 갈참나무와 비자나무를 보며 옛 선인들의 삶을 가늠해본다. 정유년 나의 시간을 나의 손으로 차이를 만들어내고 싶은 마음이 움튼다.

시인 서정춘은 "정원사가 전지를 잘못하면 거목이 죽는다. 그걸 알면서도 정원사는 계속 잘라내야 한다. 눈에 보이지 않지만 열매와 꽃이 많이 필 수 있는 그런 부분을 살리면서, 그런 걸 다 생각해 가면서 시를 자르려다 보니 참 환장하지, 내가. 우리 마누라가 당신 몹쓸 병에 걸렸다고 한다" 라고 말했다.

일상의 무의미한 시간이 인생의 꽃을 피우고 튼실한 열매를 맺는 유익한 시간이 될 수 있도록 일상을 전지하고 싶은 시간이다.

시간의 냉혹성은 어제와 똑같은 시간을 허락하지 않는다. 정유년에 다가오는 매시간과의 여행이 내 인생이 된다. 하루하루는 내 일생과 맞먹는 시간이다. 하루하루 허투루 살다 보면 인생 농사가 그르쳐진다는 것은 시간이 주는 형벌이다.

'세상 사람 다 속여도 자신만은 속일 수 없다' 는 삶의 엄격성은 매시간 행동에 올바름을 요구한다.

중독

　중독은 '일정한 정도를 넘는 상태'가 지속되어 '쉽게 그만둘 수 없는 행동'으로 나타난다. 중독은 결핍에서 시작된 욕구적인 갈망의 소산이다. 중독은 뇌에 영향을 주어 의식이나 마음 상태의 변화를 일으킨다.

　소설가 김형경은 "음주나 흡연은 마음 깊은 곳의 불안, 수치심, 공허감 등과 관련되어 있다. 술을 마시고 담배를 피우는 순간 우리는 내면의 불안이 가라앉고 공허감이 잠시 충족된 듯 느낀다. 도박, 섹스, 속도감 등 우리가 의존하는 중독 대상들은 모두 동일한 심리적 용도로 사용된다"라고 말한다. 결핍에서 오는 중독에는 좋아하고 그리워하는 것에 반복적으로 빠지게 만드는 심리적 특성이 있다. 습관의 또 다른 이름은 중독이다.

　얼마 전 지인을 만나 '나는 하루에도 몇 차례씩 청소기 소리를 듣고 산다'며 하소연했다. 내가 사는 아파트 위층 마님이 청소중독중에 걸린 덕분이다. 먼지 없는 집에 살고 싶은 청소중독증이 이웃사촌을 배려하는 마음까지 잃게 만들었다며 분개했다. 내 말이 끝나자마자 동변상련의 공감대가 형성됐는지 그분은 새벽 5시만 되면 위층에서 들려오는 기도 소리를 밥 먹듯이 듣고 산다며 불편한 심기를 드러냈다. 기도 소리가 벽을 타고 귓속까지 파고들어 새벽잠을 설친다고 했다. 누군가에게 간절한 기도가 자신에게는 소음이고 고통이라며 씁쓸해했다.

내 주변에 무언가 읽을거리가 없으면 마음이 허전하고 불안해진다는 분이 있다. 무엇이든 읽을거리가 있으면 기분이 좋아지고 마음까지 넉넉해진다고 했다. 이 분은 책장만 넘기지 않고 행간에 들어 있는 지혜를 만나는 책 읽기 중독에 빠져 사시는 게 분명하다. 평소 멋있게 나이 드는 모습이 아름다워 닮고 싶었는데 이유가 있었다.

살다 보면 '내가 최고 리더라는 생각의 중독성', '나는 항상 옳고 내 말은 항상 틀리지 않다는 말의 중독성', '상대방을 배려하여 편안하게 해준다는 관계의 중독성', '마약, 흡연, 물욕, 성욕 등 오욕칠정의 중독성'에 빠져 사는 사람들을 만나게 된다. 살면 살수록 인생은 오리무중이며 산 넘어 산임을 느낀다. 여기에서는 저기가 그립고 저기에서는 여기가 그립다. 아무리 시간이 흐르고 세상이 변해도 자신이 한 말과 보여준 행동은 나의 과거에 누군가의 기억에 흔적을 남긴다. 이왕이면 자신이나 타인에게 생산적인 '좋은 중독대상' 에 빠져 살기를 권한다.

삶에는 얻는 것이 있으면 반드시 잃는 것이 있다. 얻는 것에만 중독된 사람은 하수이고, 얻었을 때 잃는 것이 무엇인지에 중독된 사람은 고수다. 서울대 최인철 교수는 "방송에서 악마의 편집을 하면 악인이 등장하고 천사의 편집을 하면 착한 사람이 등장하듯이, 인생에서도 천사의 편집을 거친 세상에는 살 만한 세상이 등장하고, 악마의 편집을 거친 세상에는 분노와 냉소로 가득 찬 세상이 등장한다"라고 했다.

인생의 행복과 불행은 '좋은 중독대상' 으로 편집해서 사는지 '나쁜 중독대상' 으로 편집해서 사는지에 따라 결정된다. 작심하는 수고스러움이 없어도 게으름이나 귀찮음을 이겨내고 실행하게 해주는 '좋은 중독대상' 에 빠져 사는 일상을 꿈꾼다.

삶은 '땡볕 고행' 이다. 한여름의 땡볕 들판을 걸어보면 숨이 콱콱 막히듯 고통과 역경으로 삶을 살아가기가 만만치 않다. 온몸이 나른해지면서 어깨가 축 늘어지듯 삶의 목적지를 향하는 발걸음에 생기를 잃고 방황한다. 현기증을 수반하는 폭염에 그늘을 찾듯 삶의 고통과 힘듦을 내려놓고 싶어진다.

삶은 우리에게 땡볕 고행도 버텨내라고 주문한다. 땡볕고행으로만 살아가라고 하면 살맛이 나지 않는데, 천만다행으로 삶은 땡볕 고행만 있지 않다. 삶은 땡볕 아래에 쉴 수 있는 나무 그늘 즉, '그늘 고행' 도 있다. 누구든지 땡볕 고행과 그늘 고행을 오고 가며 살아가야 한다. 삶은 정靜이 아니라 동動이다.

삶의 여정에서 '땡볕 고행' 이란 짐을 내려놓지 말아야 한다. 그 이유는 짐이 무겁다고 내려놓으면 얻을 수 있는 것이 아무것도 없기 때문이다. 산에 올라보면 알 수 있다. 배낭이 무겁다고 배낭 안을 채우지 않으면 정상에서의 행복과 충만감은 줄어든다. 정상에서 마실 물과 먹을 음식을 배낭에 넣듯 인생의 '땡볕 고행' 이란 짐도 짊어지고 가야 한다.

삶에서 만나게 되는 '땡볕 고행' 의 보따리를 내려놓지 않으려면 역경지수Adversity quotient가 필요하다. 역경지수란 경영 컨설턴트로서 활동하고 있는 폴 스톨츠 박사가 '사람들이 자신에게 닥친 역경과 어려움을 얼마나 잘 견뎌 내는지 혹은 잘 극복해 내는지를 수치화한 것' 이다. 삶의 어깨 위에 올려져 있는 고통과 역경의 짐을 끝까지 지고 가려면 역경지수를 높여야 한다.

역경지수AQ를 높이는 방법은 첫째, '간절함' 이다. 간절함은 땡볕 고행을 버티게 해주는 힘이다. 간절함을 갖고 사는 사람은 절대 포기하지 않는다. '삶은 속도가 아니라 방향이다' 라는 사실을 인지하고 있기 때문이다.

삶은 서둘러서 마쳐야 되는 단거리 경주가 아니다. 삶의 속도를 의식하게 되면 조급하게 된다. 삶의 조급증은 무엇인가를 하다가 잘 안 되면 빨리 포기하기를 강요한다. 삶을 간절함으로 채운 사람은 목적지까지 도달하고 마는 실행력을 품고 산다. 간절함은 '작심삼일' 이 아니라 '작심 365일' 의 지혜로 살게 해준다.

둘째, 일기일회─期─會의 숨은 뜻을 알게 되면 참을 수 있는 힘이 생긴다. '일기'는 지금까지 살아온 수많은 시간 가운데 지금 이 시간은 딱 한 번밖에 없다는 것이다. '일회'는 지금까지 살아오면서 수많은 사람을 만나며 살아왔지만 지금 함께하고 있는 만남은 한 번뿐이라는 사실이다. 일기일회는 삶의 때와 만남의 소중함을 일깨워준다. 일기의 소중함을 아는 사람은 일상에서 포기는 멀리하고 최선을 친구로 삼고 산다. 일회의 인연을 아는 사람은 화가 난다고 상대방에게 들이대지 않는다. 마음을 정화시켜주는 '열관리자 격중'을 소지하고 있어 참을 줄 알기 때문이다.

신영복 교수는 역경을 견디는 방법으로 '처음의 마음을 잃지 않는 것'이 중요하다고 말한다. 이런 처음의 마음을 잃지 않기 위해서는 '수많은 처음'을 꾸준히 만들어내는 길밖에 없다. 수많은 처음이란 끊임없는 성찰에서 나온다.

우리가 산다는 것은 결국 수많은 처음을 만들어가는 끊임없는 성찰의 연속이다. 역경지수는 삶을 수많은 처음으로 만들어주고, 삶의 '행복열차 승차권'을 발행해준다.

은혼식

나이를 먹을수록 살아 있음이 기적임을 느낀다. 하루하루는 기적으로 채워진 선물이다. 일상에 대한 의미와 가치를 생각하면 하루하루가 기념일이다. 사람들은 이런 기념일로는 모자라 또 다른 이름의 기념일을 만들어 자축하며 산다.

서양 풍속에서 유래된 결혼 25주년을 기념하고 축하하는 의식인 은혼식도 그중 하나다. 주변에서 은혼식 때 가족이 모두 몰디브를 다녀왔다는 분도 있고 명품 핸드백을 선물했다는 분도 있다. 기념일은 개인의 에피소드를 만들고 개인의 역사로 남는다. 혹여 결혼기념일을 깜박하고 챙기지 못하면 결혼생활을 하찮게 여기는 당사자로 낙인찍혀 배우자로부터 바가지 세례를 받기도 한다.

학생들과 중국 연수를 간 아내로부터 "오늘이 무슨 날인지 아세요?"라는 문자를 받았다. 아내의 중국연수단이 춘추시대 월나라와 남송의 수도였던 소주 유적지로 향하는 길목에 웨딩드레스가 즐비

한 곳을 지나게 되었단다. 웨딩드레스를 보자 자연스럽게 결혼기념일이 화두가 됐던 모양이다. 누군가 아내에게 결혼기념일이 언제냐고 물어와 아내가 무덤덤하게 'ㅇ월 ㅇ일'이라고 답하니 오늘이 결혼기념일이라며 깜짝 놀라더란다. 결혼 연도까지 확인하고는 올해가 은혼식인데 어쩌면 그렇게 무심할 수가 있느냐며 엄청 놀림을 받았다고 한다.

아내는 문자로 "우리의 결혼기념일에 축하 깃발을 올릴까요, 조기弔旗를 달까요?"라는 질문을 장난스럽게 던져왔다. 바빠서 곧바로 답을 주지 못하자 "답이 없는 걸 보니 가슴에 근조謹弔 리본까지 달아야 하나…"라는 문자가 왔다.

결혼기념일을 챙기지 못했음을 백배사죄하며 은혼식을 맞이하는 아내의 심정을 물으니 "25주년을 이렇게 편안하고 행복한 마음으로 맞이할 수 있는 지금의 상황이 참 고맙고 감사해요. 앞으로 또다시 시작되는 25년도 열심히 살아서 결혼 50주년에도 오늘과 같은 편안함과 행복함을 누릴 수 있는 감사한 삶이 되도록 하루하루 더욱 공을 들여서 살아야겠어요"라는 문자가 왔다.

이에 "앞으로의 25년은 당신이 나를 지금껏 사랑했던 것보다 내가 당신을 훨씬 더 많이 사랑하며 사는 시간으로 만들겠다"라는 내 마음을 전했다. 우리 부부의 은혼식은 앞으로 더욱 사랑하며 살기로 하는 맹약의 반지를 아내에게 바치는 이벤트로 마무리되었다.

안도현 시인은 "글을 쓸 때 최소 50번 이상 고치고 많을 때는 200번에서 300번까지도 수정한다. 혼자 보는 일기도 아니고, 둘이 읽는 편지도 아니고, 무한의 독자가 읽는 거라 수정에 수정을 거듭한다"라고 한다.

인생은 연습이 없기 때문에 삶도 고치고 또 고치며 살아야 한다. 과정의 즐거움이 빠지고 결과만 얻으려 하면 그게 바로 고통이라고 했다. 아내와 함께 25년간 채웠던 행복과 즐거움을 뒤돌아보는 시간만으로도 은혼식이 내게 준 큰 축복이다.

정진홍 작가는 "오늘 내가 남긴 흔적이 나의 역사이자 미래다. 지우려 해도 지워지지 않는다. 삶의 흔적은 그만큼 냉정하고 냉혹하다. 삶의 흔적은 남기기는 쉬울지 몰라도 지우기는 여간 어려운 게 아니다. 특히 감추고 싶은 흔적은 더욱 그렇다. 참으로 두려운 흔적이 아닐 수 없다"라고 했다.

결혼 50주년인 금혼식을 채우게 될 앞으로의 25년은 감추고 싶은 흔적을 만들지 않으며 살고 싶다. 어떤 흔적을 남기며 살 것인지 고민이 깊어진다. 금혼식이 되는 날까지 채우게 될 인생의 스토리만 생각해도 가슴이 뛰고 벅차다.

이삿짐과
인생

인간의 역사는 소유사所有史다. 소유의 대상은 물건에 멈추지 않고 사람까지 확장된 지 오래다. 인간의 소유욕은 물건과 사람에 대한 종속을 낳는다. 소유 관념이 눈과 생각을 멀게 해서 자기의 분수도 돌볼 새 없이 들뜨게 만든다. 인간의 물욕이 잉태한 유목민적 삶의 한 형태가 이사다.

이사는 부의 양극화와 수직적인 신분 이동의 결과를 외향적으로 나타내주는 통로다. 행복은 이삿짐 크기와 정비례되는 것으로 생각해 나는 한때 타인의 이삿짐 크기를 부러워한 적이 있다. 이삿짐의 부피가 부와 권력을 드러내는 지표로 작용하고, 부와 권력이 행복을 보장해주는 변수라고 믿었기 때문이다. 이삿짐의 내용물은 주인이 무엇에 집착하며 살아왔는지를 알게 해주는 인생의 거울이다.

나는 얼마 전 주말부부를 청산하는 이사를 '손損 없는 날'에 했다. 이삿짐을 싸면서 혼자 몸담고 사는 데 필요한 물건들이 왜 이리도 많은지 새삼 깜짝 놀랐다. 내 물욕의 실체가 집의 공간을 가득 채운 잡동사니들로 드러나는 순간이었다.

김정운 교수는 "숟가락을 잡으면 뜨게 되고, 포크를 잡으면 찌르게 된다. 도구가 행위를 규정한다. 도구는 의식을 규정하기도 한다"라고 말한다.

물건이나 도구가 나의 행위와 의식을 규정할 수도 있다는 믿음이 나의 소유욕을 자극해 집 공간을 물건들로 가득 채웠을지 모를 일이다. 집 공간을 가득 차지했던 도구와 물건들이 오히려 내 행위와 의식을 비생산적인 방향으로 이끌지는 않았는지 염려되어 마음이 혼란스럽다.

나의 소유욕이 준 대가는 혹독했다. 물욕에 현혹되어 구입했던 에어컨, 냉장고, 세탁기, 소파 등을 이사할 때 중고가게에 똥(?)값으로 팔아야 했다. 아내는 터무니없는 중고가격에 속이 상하고 서운했는지 물건을 살 때 심사숙고하지 못했음을 책망하듯 몇 번이나 얘기를 했다.

물건을 중고로 팔 때 가격결정권이 물건 주인에게 있는 것이 아니라 중고가게 주인에게 있다는 쏠쏠함도 맛봤다. 지나친 물욕으로 경제적인 손해와 마음까지도 상하게 되는 화를 당한 꼴이다. 이사의 중압감은 이삿짐을 싸고 옮기는 일의 버거움에도 있었지만 그보다 더욱 힘들었던 것은 이삿짐을 풀어 제자리에 정리하는 일이라는 사실을 실감했다. 이삿짐 정리를 미루고 미루다 더 이상 버틸 수 없는 지경이 되어서야 겨우 하나둘 정리하기 시작했다. '크게 버리는 사람만이 크게 얻을 수 있다' 는 말에 기대어 2~3년 사용하지 않은 물건을 몽땅 아파트 단지 내 재활용함으로 공간이동 시켰더니 마음이 홀가분해졌다.

이사를 통해 인생을 들여다본다. 법정 스님은 이렇게 말했다.

"우리는 필요에 의해서 물건을 갖게 되지만, 때로는 그 물건 때문에 적잖이 마음이 쓰이게 된다. 그러니까 무엇인가를 갖는다는 것은 다른 한편 무엇인가에 얽매인다는 뜻이다. 필요에 따라 가졌던 것이 도리어 우리를 부자유하게 얽어맨다고 할 때 주객이 전도되어 우리는 가짐을 당하게 된다. 그러므로 많이 갖고 있다는 것은 흔히 자랑거리로 되어 있지만, 그만큼 많이 얽혀 있다는 측면도 동시에 지니고 있다."

물건을 채우는 공간만큼 마음속에 집착에서 오는 부자유로 채워지는 손해를 감수해야 한다는 말씀이 깊이 와 닿는다.

이번 이사가 내게 집 공간을 고급가구나 가전제품으로 가득 채우며 살 것인지, 가족의 영혼이 담긴 생각과 추억들로 차곡차곡 채우며 살 것인지 물어온다. 살면서 없어서는 안 될 것들만 갖고 사는지, 내 분수에 맞게 소유하며 살고 있는지도 들여다보게 한다. 요즘 나는 아파트 단지에 새로 이사 오는 세대의 이삿짐을 눈여겨보는 습관이 생겼다.

정성 불변의
법칙

예전에 어느 개그맨이 녹색모자와 완장을 차고 나와 "그까짓 꺼, 대~충 하면 되지 뭐!"라는 대사로 웃음을 준 적이 있다. 이 개그맨의 입에 오르면 안 되는 것 없이 뭐든지 다 된다. 희로애락과 생로병사를 쥐락펴락한다. 힘든 세상살이를 버텨내면서 살아가는 사람에게는 구세주이고 희망이다.

그런데 삶이 대충대충 해도 될 만큼 호락호락하지 않다는 생각에 이르면 답답해진다. 내가 속한 분야에서 최고가 되겠다는 각오로 덤벼들어도 될까 말까 한 것이 세상이다. 삶을 대충으로 채우는 사람에게는 대충의 인생이 기다리게 된다.

'대충'이란 단어는 사람을 '의욕상실증'으로 만들기 쉽다.

"뭐, 그것이 밥 먹여 주냐? 대충해!"

"몇백 년 산다고 그렇게 아등바등해! 대강해!"

이런 말들은 사람의 기를 꺾어 약골로 만들기 때문에 가까이하면 큰일 난다.

질량불변(보존)의 법칙에서 삶의 묘미를 찾을 수 있다. 1774년 프랑스의 화학자 A.L 라부아지에가 발견한 질량불변의 법칙은 '화학반응의 전후에서 반응물질의 전질량全質量과 생성물질의 전질량은 같다' 라는 이론이다. 질량불변의 법칙에서 '질량' 대신에 '정성' 이란 단어로 바꿔보면 정성불변의 법칙이 된다. 정성불변의 법칙이란 '내가 누군가에게 주먹만큼의 정성을 들이면 상대방도 나에게 주먹만큼의 정성밖에는 들이지 않는다' 라는 이론임을 추론할 수 있다. 내가 어떤 일에 10그램의 정성을 들이면 결과도 10그램만큼만 나온다는 메시지다.

삶에서 '대충' 이란 단어를 멀리하고 '정성' 이란 단어를 가까이하며 살아야 한다. 삶은 정성을 들여가며 살아가는 사람을 좋아하기 때문이다.

'정성' 하면 꿀벌이 떠오른다. 꿀벌은 1파운드의 꿀을 생산하기 위해 5만6,000여 개의 클로버 꽃을 찾아나선다. 꿀 한 수저를 만들려면 꽃을 찾아 4,200여 회의 여행을 다녀와야 한다. 꿀벌은 매일 10회의 여행을 떠나는데 1회 평균 20여 분 동안 돌아다니며, 400여 개의 꽃을 찾아다닌다. 일벌은 꽃을 찾기 위해 8마일까지 날 수 있고, 일생 동안 지구 둘레의 3배에 해당하는 거리를 날아다닌다.

꿀벌의 정성에 부끄러워진다. 작가 고도원은 삶의 기본기로 "치열함, 열정, 노력 그리고 반복훈련을 요구하는 것"이라고 말한다. 여기에 참되고 성실한 마음을 뜻하는 '정성'을 더하고 싶다. '하루에 천 리를 갈 수 있는 명마도 있지만 느린 말 역시 쉬지 않고 열심히 달리면 천 리에 도달한다'라고 한다. 쉬지 않고 열심히 달리는 힘은 정성에서 나온다. 삶의 기본기에 정성이 빠지면 고무줄 없는 바지와 같다.

'높은 곳에 오르려면 낮은 곳에서 출발해야 한다'라는 등고자비 登高自卑와 '물방울 하나가 떨어지고 떨어지면 결국 바위를 뚫는다'라는 수적천석水滴穿石은 정성의 모태다.

'노력하는 사람에게는 운이 척척 달라붙는다'라고 하듯이 '정성을 들이는 사람에게는 성공이 기다린다'는 믿음으로 살아보면 어떨까.

진부와
참신

지난 주말 직장생활 3년차인 아들이 분당에 있는 오피스텔로 이사를 했다. 아들은 인격의 높낮이가 천차만별이고 성향이 각기 다른 직장 사람들과의 관계 맺기가 여전히 버거운 눈치다. 이삿짐을 싸기 위해 냉장고를 여니 아들의 경황없는 일상이 냉장고 속에 고스란히 담겨 있다. 각종 음식들이 어지럽게 뒤엉켜있고 곰팡이가 피어 있다. 다사다난한 세상살이를 겪어내느라 냉장고 속 들여다 볼 여력조차 없는 듯해 마음이 짠했다.

냉장고 속 썩은 음식들이 방치되는 것을 원하지 않는다면 수시로 냉장고 속을 확인하는 수고로움이 필요하듯 생각의 진부함을 막기 위해서는 일상을 수시로 들여다 봐야 한다.

서울대 배철현 교수는 "진부陳腐는 '썩은 고기腐'를 남들이 보라고 '전시하는陳 어리석음" 이라고 말한다. 옛날에는 귀한 고기를 갖고 있다는 것은 자랑거리여서 자신이 가진 고기를 사람들이 올 때마다 보여주던 사람이 있었다. 그가 보여주는 고기에 사람들은 누구랄 것도 없이 부러워했고 탐했다. 그런데 시간이 지나면서 고기는 썩기 시작했고 악취를 풍겼다. 이런 지경인데도 그는 계속해서 그 고기를 사람들에게 보여주었다.

썩은 고기 냄새에 익숙해져 악취가 나는지도 몰랐던 탓이다. 그는 썩은 고기 냄새 때문에 아무도 그를 가까이 하려 하지 않는다는 사실을 몰랐다. 고기 때문에 사람들이 자신에게 머리를 조아릴 것이라고 착각했다. 이렇게 고기가 썩는 줄도 모르고 남들에게 과시하는 사람을 가리켜 진부한 사람이라고 한다.

진부의 근원지는 익숙함과 편안함이다. 지금 주어진 환경과 처지에 대한 함몰이고 현재 지닌 것을 자랑하고 싶은 마음에서 생기는 안주安住다. 자신이 만들어 놓은 틀과 논리가 항상 옳다는 자만심에서 진부는 싹튼다. 진부한 상태에서 혁신과 성장을 기대하기는 어렵다. 진부는 산의 정상에 오르겠다는 초심을 잃고 산 중턱에서 머뭇거리는 상태와 같다. 더 이상 앞으로 나아가지 못하고 머뭇거리게 하는 삶의 훼방꾼이다. 틀에 박힌 일상이 반복된다면 진부한 삶에 빠진 것은 아닌지 의심해볼 일이다. 진부함은 고기가 썩어 악취를 풍기는 본질을 직시하지 못하거나 회피하는 삶에서 비롯된다. 썩는 냄새가 진동해도 자가당착의 논리에 빠져 합리화해버리는 것은 진부함의 극치다.

배철현 교수는 '진부'와 상반되는 언어로 '참신斬新'을 꼽았다. 참신이란 도끼로 치듯 과거의 구태의연함과 완전히 단절한다는 뜻이다. 진부함에서 벗어나는 길은 뼈를 깎는 고통까지도 감수하는 각고의 노력으로 썩은 냄새를 풍기는 본질을 찾아내 도려내는 일이다. 살면서 접하는 문제와 갈등의 원인이 무엇인지 회피하지 말고 직면하는 삶이 진부함을 줄여준다. 썩은 부분을 도려낸 후에야 새살이 돋듯 예전의 진부함에서 벗어나야 새 삶이 보인다.

누구에게나 오늘은 생전 처음 맞이하는 새로운 하루다. 새롭게 주어진 선물 같은 오늘을 어제의 진부함으로 덮어버리고 있는 것은 아닌지 살펴볼 일이다. 자신의 인생을 날마다 새롭게 채찍질하는 사람의 일상에는 진부함이 자리할 공간이 없다. 일상에 문제가 불거지면 본질을 직시하는 참신한 마음먹기가 멋진 인생을 만든다.

하루를 제대로 살아내지 않으면 인생이 꼬이기 시작하고 엉터리로 보낸 하루하루가 쌓이면 인생이 망가진다.

헬렌 켈러는 "내가 대학총장이라면 눈을 어떻게 써야 하는지에 대한 필수과목을 만들겠다"라고 말했다. 내 일상에 진부함은 무엇인지 들여다본다.

참회

세밑에 속리산 법주사를 다녀왔다. 대웅보전을 찾은 사람들의 염원이 후회와 회한을 피하고 참회하는 마음과 맞닿아 경건하다. 사람됨의 근본을 깨치지 못하고 어리석음에 머무르면 후회할 허물이 찾아든다. 삶의 근간이 되는 본질과 가치를 지키지 못해 도리를 어기고 선하지 못한 짓을 행하면 반드시 참회할 일이 따르게 된다.

삶의 후회와 회한은 '상대방의 입장을 헤아려주고 보듬어주는 마음이 부족한 극도의 이기심, 현상을 꿰뚫어보고 통찰하는 사려 깊음의 부족, 참사랑에 대한 인식이 미흡해서 사랑하는 척하며 사는 수준의 마음, 어떤 상황에서도 흔들리지 않는 의지력과 자제력의 나약함, 삶을 지탱해주는 힘이 무엇인지를 모르는 어리석음, 자신의 귀함을 잊고 사는 자존감 결여'에서 독버섯처럼 움튼다.

참회할 일들은 일상의 행복, 기쁨, 안락함, 좋은 관계, 명성과 명예, 긍정성에 흠집을 낸다. 더군다나 치욕과 절망으로 몸을 떨게 하고, 모든 희망들을 폐기처분 한다. 참회할 일이 무서운 것은 후회의 감정들이 검은 구름처럼 영혼까지 뒤덮는다는 것이다. 참회할 일이 치명적인 것은 살아갈 힘을 빼앗아가 일상을 무기력하게 만든다는 점이다.

참회는 고통스러워도 잘못을 들여다보고 들춰내는 성찰에서 시작된다. 잘못을 솔직하게 드러내지 않고 행하는 참회는 가짜고 농락이다. 잘못을 파헤치는 것이 두렵고 잘못을 고백할 용기를 놓치는 순간 참회는 요원하다. 참회해야 할 시간에는 참회가 우선이지 그 시기에 무엇을 어떻게 해보겠다는 다짐은 오만이고 뻔뻔함이다. 상대방의 마음을 헤아리지 못하는 이기심과 역지사지 하는 마음의 부재에서 진정성이 담긴 참회를 기대하기는 곤란하다. 진정성 있는 참회가 결여된 상태에서의 언행은 사기꾼과 파렴치한으로 전락시킨다.

마음에 덕지덕지 묻은 잘못의 찌꺼기를 닦아내는 여정이 참회다. 진정한 참회는 잘못에 대한 깊은 고뇌와 성찰의 시간과 비례한다. 잘못된 업무처리와 썩어문드러진 의식에 대해 벼락을 맞는 것처럼 참회할 때 시행착오를 줄이고 깨우침을 얻을 수 있다. 뼈를 깎아내는 고통에 버금가는 뉘우침이 없다면 참회할 일에 또 빠지게 된다.

다산 정약용은 "큰 허물은 고친 뒤에 하루도 뉘우침을 잊어서는 안 된다. 뉘우침은 허물에서 나왔지만 이를 길러 덕성으로 삼는다" 라고 말한다. 뉘우침은 잘못에서 비롯되나 덕성을 기르는 자양분이 된다.

참회할 일을 겪지 않고 살려면 맑은 정신으로 단호한 의지를 모색하는 깨우침의 시간은 절대적이다. 주변의 어떤 유혹에도 흔들리거나 휘둘리지 않겠다는 강건한 마음먹기가 삶의 근간이 되어야 한다. 일이 끝난 후에 뉘우칠 것을 염두에 두고 사는 삶이 어떤 일을 착수할 때의 어리석음과 혼미함을 줄여주고 참회할 일을 만들지 않게 해준다.

허물을 지은 사람에게 '한 번 요동침이 크면 그 뒤 안정됨은 오래 가고, 한 번 큰 변고가 일어나면 그 뒤 평화가 길게 이어진다는 것' 과 '아직 이루지 못한 것이 남아 있다는 것, 아직 삶에 채워 넣어야 할 것이 존재한다는 것' 은 희망이다.

세밑에 "내가 이 세상에 살면서 지은 허물은 헤아릴 수 없이 많다. 그중에는 용서받기 어려운 허물도 적지 않을 것이다. 세상을 하직하기 전에 내가 할 일은 먼저 인간의 선의지善意志를 저버린 일에 대한 참회다" 라는 법정 스님의 글에 마음이 머문다.

편견

동서고금에 편견이 넘쳐난다. 편견은 어떤 사물이나 현상을 볼 때 한쪽으로 치우치는 공정하지 못한 생각이나 견해를 뜻한다. 대다수가 간직하는 나쁜 감정이나 부정적인 평가의 총체로 논리적인 비판이나 구체적인 사실의 반증에 의해서도 바꾸기가 어려운 뿌리 깊은 태도나 신념이 편견이다. 편견은 과거에 옳다고 생각했던 가치가 현재에는 뒤바뀌며 그 생명력을 유지한다. 많은 사람들이 편견의 고통을 주고받으며 살고, 편견 때문에 가슴앓이하며 산다.

우리 사회는 '술을 잘 마시는 사람이 일도 잘한다' 라는 편견이 있다. 이는 '술을 못 마시는 사람은 일을 잘하지 못한다' 라는 무시를 내포하고 있어 마음이 불편하다. 술 잘 마시는 사람이 그렇지 못한 사람에게 퍼붓는 횡포 같아 억울하고, 술을 잘 마시는 사람에게는 일을 잘한다는 날개를 달아주는 것 같아 씁쓸해지기도 한다. 술 잘 마시는 사람들은 '술은 마실수록 는다' 며 술을 강권하고 압박한다.

그래서 술 못 마시는 사람에게 술을 강요받는 회식 자리는 바늘방석이다.

이런 편견이 지배하는 사회에서 객관적인 성과와 합리적인 일로 승부를 걸기는 어렵다. 술이 만사형통의 처세로 통하는 사회는 위험하다. 끈끈한 정을 잉태하는 술로 모든 일이 술술 풀리는 조직은 생존력이 떨어질 수밖에 없다.

다른 하나는 '마른 사람은 성격이 까칠하고 예민하다' 라는 편견이다. 이 편견은 먹을거리가 부족했던 시대에 배불리 먹고 살던 기득권층이 배곯던 사람에 대한 우월의식의 발로에서 생겼을 가능성이 크다. 살찐 사람이 성격도 좋고 후덕하다는 편견이 마른 사람에게는 상처로 다가온다.

요즘 힘든 일 있냐고 던지는 위로의 말이 마른 사람에게는 스트레스다. 그런데 요즘은 몸무게에 대한 정반대의 편견이 활개를 친다. 살찐 사람을 자기관리에 실패한 사람으로 몰아붙이며 다이어트와의 전쟁으로 내몬다. 살에 대한 또 다른 편견이 마른 사람을 우상으로 만들고 마른 체형을 경쟁력으로 치켜세운다. 뚱뚱한 사람들이 편견으로 고통 받는 현상을 보면 격세지감이 느껴진다.

편견은 본질과 진실에 대한 왜곡이고 외면이다. 편견으로 득得보다 실失을 보는 사람 입장에서 보면 모욕이고 불공정한 게임이다.

편견은 불평과 갈등을 조장하고 마음에 상처를 남긴다. 편견은 자기합리화의 오류에 빠지게 만들어 어떤 현상이든 자신에게 좋은 쪽으로만 해석하고 행동하게 한다.

얼굴에 가면을 쓰고 외모나 이미지가 아니라 목소리와 실력으로만 노래의 진검승부를 가려 가왕歌王을 뽑는 방송 프로그램이 인기를 끈 적이 있다. 평가단과 시청자들은 어떤 편견도 작용하지 않고 노래 실력으로만 승부를 가리는 공정한 룰에 감동하고 열광했다. 우리 사회 저변에 깔려 있는 편견에서 탈피하고 싶은 열망이 아닐까 싶다.

편견은 가짜가 진짜를 이기는 구조다. 일반화된 편견을 뒤집어보는 시각과 생각이 편견을 줄인다. 편견은 또 다른 편견을 낳는다. 현재 누구나 공감하는 시대의 가치가 우리 사회만의 편견은 아닌지 곱씹는 삶이 편견을 줄인다. 내 사고의 틀 속에 붙어있는 편견이 무엇인지 고민하는 시간이 편견을 줄인다.

포장

　며칠 전 전혀 예상치 못한 선물을 받았다. 뜻하지 않은 선물에 보내주신 분의 성의까지 느껴져 기쁨은 배가 되었다. 포장을 보면 선물에 담긴 주는 이의 마음과 정성의 무게감이 느껴진다. 포장에도 격이 있다. 포장이 고급스러울수록 내용물에 대한 호기심과 기대치가 커진다. 포장에 성의가 없게 되면 선물의 의미가 반감되고 퇴색된다.

　포장의 격은 선물을 주는 사람이 받는 이의 마음을 얻고 싶은 간절함으로 갈린다. 포장에는 주는 이의 마음과 받는 이에 대한 예의가 담긴다. 포장의 용도는 본래의 내용을 더 좋아보이게 꾸미는 데 있다. 선물의 내용물에 대한 익명성은 포장으로 완성되고 보장된다.

　포장은 내용물의 본질에 티끌만큼도 섞이지 못하고 다가서지도 못한다. 단지 상품이나 선물의 가치를 높여줄 뿐이다. 그러나 선물을 받는 이와 상품을 구매하는 이에게 포장은 매력적이다. 포장에 따라 상품과 선물의 내용물을 드러내기도 하고 궁금증을 끌어내기 위해 숨기기도 한다. 포장의 기술도 실력이고 경쟁력이 되는 시대다. 포장을 밥벌이로 삼는 전문가와 전문매장이 과대포장을 부추긴다. 명절이 끝난 후 아파트 분리수거장에 쌓인 포장재를 보면 실체가 여실히 드러난다. 아직도 같은 값이면 다홍치마나 보기 좋은 떡이 먹기도 좋다는 말들에 힘이 실린다.

포장에 대한 고민이 외향이라면 내용물의 가치를 높이는 것은 내실이다. 형식보다는 내용이 사람끼리 지속적인 관계를 이어주는 끈이고 상품 매출을 이끄는 원동력이다. 선물과 상품의 질보다 포장이 과한 것은 선물을 받는 이와 소비자에게 위선이고 기만이다. 이럴 땐 선물을 받는 이의 마음이 헛헛하고 상품을 구매한 고객은 불만족스럽다.

사람이나 상품이나 치장과 포장이 과하면 가볍다. 사람이나 상품에 걸맞은 치장과 포장은 겉과 속의 조화가 품어내는 향기가 짙고 달콤하다. 포장은 여성들의 화장이나 남성들의 치장과 닮았다. 사람의 평가도 치장에 따라 달라진다. 그래서 여자들은 화장을 하고 남자들은 치장을 하는 데 많은 시간을 들이고 돈을 쓴다.

김훈 작가는 "여자들은 아무 데서나 화장을 한다. 비행기 안이건 고속버스 안이건, 호텔 로비에서나 사무실에서나, 아무 데서나 하악下顎을 가차 없이 벌려서 벌건 입속을 드러내놓고 활줄처럼 긴장된 입술 위에 루주를 칠한다" 라고 말한다.

남자들의 명품욕은 구두와 벨트, 넥타이를 구입할 때 드러난다. 여자든 남자든 몸치장을 위해서라면 두려움도 아랑곳없이 성형수술대에 오른다. 누구든지 능력을 내세우고 좋은 성품을 지닌 사람으로 보이기 위해 마음치장과 몸치장에 신경 쓰고 정성들인다. 자신의 낮은 인품과 약점을 감추기 위해 치장하기 바쁘다. 다른 이와 비교해서 역량이 부족하다 싶으면 치장의 빈도와 강도는 잦고 세다.

삼라만상의 생명체는 치장을 한다. 모든 생명체에 축적된 생존의 유전자 중 하나는 치장이다. 약육강식의 자연법칙에서 치장이 생존의 수단이고 전략인 셈이다.

상품의 포장이 내용물에 비해 과하면 속 빈 강정처럼 뒤끝이 허하고 씁쓸하다. 사람 역시 과대치장이 되면 역겹고 추하다. 사람의 역량에 치장이 과하면 역량 부족이 금방 탄로 나고 오래 버티지 못한다. 누군가 겉치레 치장에만 열중한다면 내면의 그릇을 키우고 좋은 이미지를 유지할 수 있는 기회를 잃게 된다.

부끄럽지 않을 만큼의 치장만으로 살아가는 사람의 삶은 당당하다. 포장과 치장은 누군가의 마음을 잡고 싶다는 측면에서 타인 지향적이다. 상품이나 사람이든 본질과 정체성 안에서의 포장과 치장이 아름답다.

프로는
다르다

인생은 과거와 미래의 시간 경영이다. 삶에서 시간 경영을 어떻게 하느냐에 따라 프로와 아마추어가 결정된다. 프로와 아마추어의 시간 경영은 다르다. 프로의 시간 경영에는 '대충'과 '적당히'가 통하지 않는다. 아마추어의 시간 경영에는 멍하니 지내는 시간으로 채워진다.

프로와 아마추어는 시간 경영에 채우는 대상과 방법도 다르다. 프로는 꿈과 희망을 채우지만 아마추어는 망상과 절망을 채운다. 프로는 땀과 부지런함으로 채우지만 아마추어는 편안함과 게으름으로 채운다. 치열하게 사는 프로의 삶은 아름답고 감동적이다. 아마추어는 프로의 일상을 꿈꾸며 닮고 싶어한다.

얼마 전에 강호동 씨가 진행하는 방송 프로를 보았다. 방송 출연자들 중에 강호동 씨와 이수근 씨가 게임에 이겨 촬영에 참여하지 않고 집으로 갈 수 있는 기회를 얻게 되었다. 그러나 집으로 돌아가지 않고 몇 시간이 지난 후에 방송 담당자들과 만난다. 담당 PD가 왜 가지 않았느냐고 묻자 강호동 씨가 답한다.

"카메라는 산소통이다."

카메라가 있을 때는 카메라의 소중함을 몰랐단다. 촬영을 해야 할 시간에 카메라 없이 시간을 보낸다는 것이 얼마나 큰 고통인지를 느꼈다고 한다. 카메라가 없으면 행복할 줄 알았는데 오히려 불안해지고 힘이 빠져나가는 느낌을 받았다는 것이다.

미국 메이저리그 야구선수들 간에는 '커피 한 잔' 이란 말이 통용되고 있다고 한다. 1군에 있는 선수가 2군으로 밀려나는 데 커피 한 잔 마실 시간도 걸리지 않는다는 의미란다.

'커피 한 잔' 이란 말이 2군에 있는 선수에게는 1군으로 갈 수 있는 희망이기도 하다. 선수대기실에서 타석까지의 거리는 불과 몇 미터밖에 되지 않지만 그 자리에 서기가 쉽지 않다. 타석에 서기 위한 선수들의 땀방울이 멈추지 않는다. 어떤 분야에서든 자기관리가 철저한 사람은 '커피 한 잔' 이 두렵지 않은 프로가 될 수 있다. 프로의 세계는 실력만이 인정받고 통한다.

야구 선수로서 은퇴한 후 해설가로 활동하고 있는 양준혁 씨는 타격을 한 후 1루에 전력 질주하지 않는 선수는 진정한 프로가 될 수 없다고 목청을 높인다. 프로는 아웃이 되기 전까지 끝까지 뛸 때 가능하다는 것이다. 프로는 언제든지 결과를 인위적으로 만들어낼 수 있는 사람이기 때문이다. 무조건 훈련하면 무엇이든 할 수 있다는 말에는 프로가 되는 길이 숨어있다. 프로는 목표한 바를 포기하지 않고 끝까지 하는 실행력에서 아마추어와 다르다.

남이섬 CEO로 널리 알려진 강우현 씨는 "프로 기질을 한 번 쓸 수 있는 사람은 아마추어, 두 번 이상 반복해도 기질이 수그러들지 않는 사람은 프로가 될 수 있다"라고 말한다. 내가 키우고 갖추어야 할 프로 기질과 프로 근성은 무엇인가를 생각한다.

아카시아 꽃향기로 일상이 행복하다. 프로 인생을 꿈꾸며 생각하는 맛은 아카시아 꽃향기만큼 달콤하다. 나는 프로인가, 아마추어인가를 묻는다.

행복

걷기가 주는 즐거움에 빠졌다. 걷기는 시각적이고 감각적인 반응으로 사유를 이끈다. 초저녁 풀벌레들의 위풍당당한 울음소리를 들으며 역동적인 삶을 꿈꾼다. 탄성과 함께 마주하는 저녁노을에서 살아있음에 감사함을 느낀다. 심란한 마음을 다독이고 얽히고설킨 생각들을 바로잡는다. 누구의 방해도 받지 않고 내면을 들여다보는 시간이다. 마음에 다가온 경이감으로 힘들고 지친 영혼과 심신을 위로받는다. 말랑말랑하던 종아리 근육이 단단해지는 것도 기분 좋다. 발자국 소리를 들으며 일상의 작은 기쁨들을 회상하며 소소한 행복을 느낀다.

행복은 살그머니 왔다가 소리 없이 사라진다. 작은 기쁨과 순간의 즐거움을 감지하지 못하면서 행복한 삶을 꿈꾸는 것은 무리수다. 살면서 심장이 두근대는 행복한 순간을 제 것으로 꽉 틀어쥐지 못하고 흘려보내는 인생에 행복은 없다. 작은 것에 만족하고 감사할 줄 알면 불행은 줄고 행복이 찾아든다.

서은국 교수는 "행복은 생각이 아니라 감정이며 저축되지 않는다. 한 번 큰 기쁨을 느끼기보다 작은 기쁨을 여러 번 느끼는 게 행복 관점에서 더 유리하다"라고 말한다.

행복과 불행은 내 마음의 상태다. 장석주 작가는 "행복은 물건이나 조건이나 상황의 산물이 아니다. 행복은 조건의 문제가 아니라 받아들이고 느낄 줄 아는 능력의 문제다. 행복은 느낌이고, 그 느낌을 잡고 향유할 줄 아는 능력이다. 그래서 아무나 행복할 수가 없다. 많이 가져서 행복한 게 아니라 가진 것의 진정한 가치를 앎으로 행복하다. 적게 가져서 불행한 게 아니라 가진 것의 기쁨을 몰라서 불행하다"라고 말한다.

행복은 내 몸과 인생에 지닌 것을 찾아 누리고 지켜내는 데 있다. 행복은 행복요인을 지켜내지 못하는 사람 곁에는 절대 머무르지 않는다. 행복은 한 번 토라지면 행복을 지켜내지 못한 사람의 손길을 치가 떨릴 만큼 냉정하고 매몰차게 뿌리친다.

행복은 내 손에 쥔 것의 소중함과 위대함을 마음속에 담고 사는 사람에게 후하다. 새로 갈망하는 것을 줄이고 손에 쥔 것들의 가치를 지켜내는 일상에 행복이 있다. 행복하지 않으면서 행복하다고 착각하거나 행복한 척해서는 진짜 행복을 누리며 살기 어렵다. 가족과 자신을 속이지 않으며 사는 진정한 시간과 본질에 몰입하는 생활방식에 더 큰 행복이 머문다.

행복은 불행이 아닌 행복과 짝을 이룬다. 인생을 지탱해주는 중심축이 흔들려 행복이 깨지는 찰나 다른 축에서 느끼고 있던 행복도 도미노처럼 깨진다. 건강을 잃으면 건강할 때 누렸던 행복지수가 뚝 떨어져 행복을 느끼며 살기 어려운 이치와 같다.

행복은 행복 가치를 아는 사람의 삶 속에 머물고 행복을 업신여기는 사람의 인생에는 얼씬하지 않는다. 내 곁에서 떠난 행복을 돌아오게 하려면 몇 갑절의 노력과 시간을 써야 한다. 행복이 마음과 일상에 머무르도록 꽁꽁 붙잡아 두는 지혜가 행복 인생을 만든다.

행복은 흔들림 없는 고요한 마음과 한결같은 마음에서 온다. 공자는 "선한 사람을 내가 만나볼 수 없다면, 한결같은 사람이라도 만나볼 수 있으면 좋겠다"라고 말한다. 세상의 이치를 꿰고 삶의 근본에 대한 통찰이 깊어져 한결같은 마음과 흔들림 없는 일상으로 채워지는 삶 속에 행복이 있다.

사람이 떠난 자리에 짙은 그리움으로 채워지고, 잃고 나면 후회가 되는 일들은 행복요인임에 틀림없다. 삶과 인생의 소중한 가치들을 한결같은 마음으로 지켜내며 사는 시간 속에 행복이 깃든다.

화분
갈이

우리 집 베란다에는 여느 집에서나 볼 수 있는 화초들로 가득하다. 야영화는 꽃이 보라색으로 피었다가 시간이 지나면서 흰색으로 변하는데 꽃이 피면 달콤한 향이 진동한다.

유치환의 시〈치자꽃〉을 연상시키는 치자나무는 가지 끝에 한 송이씩 흰색의 꽃을 피우는데 향이 일품이다. 수선화과에 속하는 문주란은 백색 화관의 기품이 예사롭지 않다. 빛 들면 피고 빛 지면 오므라드는 사랑초는 신비감만큼 '당신을 버리지 않겠습니다' 라는 꽃말의 매력에 자꾸 이끌린다. 가뭄에 콩 나듯 존재감을 보여주는 행운목의 꽃대를 확인하는 시간은 설렘이다. 앙증맞은 모양과 색깔로 눈길을 사로잡는 다육식물들도 위풍당당하다.

우리 집에서 화초 키우는 일은 내 몫이다. 분갈이와 거름주기는 외면하고 때맞춰 물만 주고 꽃 감상에만 눈독 들이는 얌체 농장주다. 자라난 가지가 아까워 전지작업에도 전전긍긍해 매번 수형 잡기도 실패한다. 나의 화초 농법이 못마땅했던지 아내가 겨울 끝자락에 화분갈이를 단행했다. 분갈이를 하던 아내가 화분 밑 부분을 가득 채우고 있던 스티로폼에 경악한다. 스티로폼이 화분 물 빠짐을 좋게 한다는 명분을 대기에는 그 양이 너무 많았다.

부엽토도 아끼고 이동도 용이하게 하고 싶은 꽃가게 주인의 얄팍한 상술의 폐해다. 아내는 스티로폼 공간을 부엽토로 메웠고 숨구멍을 틔워준다며 뿌리에 붙은 흙을 털어주는 작업도 병행했다. 그동안 아까운 마음에 자르지 못해 헝클어져 있던 가지들도 아내의 거침없는 전지작업과 함께 솎아졌다.

눈은 세상과 현상을 읽어내는 필터다. 나는 본질을 놓쳤고 아내는 본질에 접근했다. 나는 물주기에 멈췄고 아내는 화초의 성장이 더딘 현상을 눈여겨봤다. 세상은 보이는 것이 전부가 아니다. 보이지 않는 것이 보이는 것을 움직이는 것이 세상과 자연의 이치다.

화분갈이와 전지작업이 끝나고 며칠간은 화초가 몸살을 앓는지 잎이 말라갔다. 얼마 지나자 땅심을 받았는지 잎사귀에 윤기가 흐르고 새순이 막 움튼다. 화초들로부터 '살다보니 이런 좋은 날이 오네' 라는 느낌을 받게 된 것은 아내의 '본질 보기' 덕분이다.

정곡을 들여다보는 삶의 태도가 삶을 제대로 살게 하는 힘이다. 보이지 않는 것을 보게 해주는 심안心眼은 사물을 주의 깊게 살펴는 관찰에서 온다.

서울대 배철현 교수는 본다는 행위에는 세 가지 의미가 있다고 말한다.

첫 번째 의미는 '그저 보는 것'이다. '그저 보는 것'은 자신의 과거 습관과 편견대로, 자신의 기준으로 상대를 보는 행위다.

두 번째 의미는 '살펴보는 것'이다. 살펴보는 행위에는 보고자 하는 의도가 담겨 있다. 이 행위에는 주체도 있고 객체도 있다. 나의 보려는 행위가 의도적이며 그 대상이 확실할 때 우리는 '살펴보다'라고 한다.

세 번째 의미는 '관찰'이다. 관찰은 깊이 보는 행위이며, 이것의 특징은 무아성無我性이다. 특히 살아 움직이는 어떤 것을 응시할 때 의도를 갖고 볼 뿐만 아니라 그 움직이는 모습을 온전히 따라가기 위해 집중하고 몰입한다. 관찰이란 가시적으로 보는 것을 넘어 '안 보이는 것을 보는' 행위다.

봄이 약동하면 찰나에 과격하면서도 거칠게 싹이 트고 꽃망울이 터진다. 순간순간 식물들은 자신의 색깔과 자기 몸의 구조를 다채롭게 변화시킨다. 본질을 보지 못하고 놓치며 사는 세상과 인생에 본질을 잃지 않고 제 모습을 바꾸는 자연의 봄 풍경이 경이롭다. 베란다 화초가 싹을 틔우는 모습을 보며, 인생이 되는 순간순간의 일상을 관찰하며 살고 싶다.

회피하지 않는
용기

    아내와 팔공산 갓바위로 주말 산행을 다녀왔다. 팔공산 관봉 꼭 대기에는 보물인 5.48미터 크기의 석조여래좌상이 있다. 불상의 머리 윗부분에 갓 모양의 모자가 얹혀 있어 '갓바위 불상'으로도 불린다. 갓바위를 향해 꼬리를 물고 이어지는 행렬이 한 가지 소원은 꼭 들어준다는 기도 명소임을 실감케 했다. 갓바위를 찾아 오르는 사람들의 발걸음과 표정에 삶의 문제를 회피하지 않고 직면하며 살겠다는 결연하고 의연한 마음이 역력하다.

    나이 들수록 삶이 고단하고 만만하지 않음이 명징해진다. 세상살이의 역경과 문제를 회피하지 않고 직면하는 자세가 삶의 정수임을 실감하게 된다. 장석주 작가는 〈대추 한 알〉이라는 시에서 "대추가 저절로 붉어질 리는 없다/저 안에 태풍 몇 개/저 안에 천둥 몇 개/저 안에 벼락 몇 개"라고 말하며, 작고 하찮은 미물에 속하는 대추 한 알이 성숙해지는 데도 온갖 시련을 견디는 인고가 따름을 직시한다. 대추 한 알은 대추나무가 제 모든 것을 쏟아 만들어낸 정성의 결실이다. 사람도 역경과 시련을 통해서 단련되는 법이다.

회피는 삶의 중심부를 뚫고 들어가지 못하고 숨기 급급함이고 삶의 궤도를 벗어나는 일탈 행위다.

기시미 이치로 작가는 "인생의 과제 앞에서 우리는 대부분 그 과제로부터 도망치고 싶어한다. 두렵기 때문이다. 우리의 체면이나 자존심에 상처를 입을까봐 두려워 인생의 부름에 응답하지 않으려 한다. 혹은 응답하더라도 '만일~이라면' 이라는 조건을 붙여 과제에서 도망치려고 하기 일쑤다. 이처럼 인생의 과제로부터 도망치기 위해 우리가 늘어놓는 구실들을 아들러는 '인생의 거짓말' 이라 부르며 일축한다. 인생의 과제에는 용기를 내어 자신의 힘으로 해결하려 나서야 한다"라고 말한다.

회피는 위험하거나 고통스러운 감정, 상황, 대상으로부터 안전한 거리를 유지하려는 태도이다. 내게도 뚜렷한 회피 증상이 있다. 심한 정체에 맞닥뜨리면 미리 겁을 먹고 어김없이 다른 길로 우회하기를 선택한다. 정체에서 받는 지루함과 스트레스를 감내하지 못하고 다른 길을 선택한 결과는 매번 시간과 힘만 더 쓰게 되어 후회막심이다. 정체현상을 받아들이지 못하고 우회 길을 선택하는 행동이 내재화되어 습관으로 굳어져 삶에서도 회피증후군의 병리현상을 끼고 산다.

회피는 삶의 중심부를 벗어나 바깥에서 서성이게 만든다. '지금, 여기'를 살지 못하는 본질과 먼 삶이다. '지금, 여기'를 살지 못하는 삶은 고름을 짜내는 고통을 감수하고 견뎌낼 각오 없이 상처가 치료되기를 바라는 마음과 같다. 회피는 삶의 역경과 문제들로부터 겪게 되는 고통을 피하는 행동이다. 내면이 얕고 도전하려는 의지와 에너지가 없는 사람이 선택하는 삶의 방식이 회피다. 회피로는 삶의 문제들을 풀어내며 살기가 버겁다.

삶의 역경과 문제를 회피하는 경험의 산물들은 인생에 치명적이다. 서천석 작가는 "초보에서 고수로 가는 길에서 가장 중요한 것은 경험입니다. 경험이 쌓여서 만들어진 경험의 아들이 직관입니다. 직관은 별다른 근거가 없어 보이지만 내면에서 수많은 경험을 녹여 정수가 우러나온 것이기에 가치가 있습니다"라고 말한다.

세상살이의 역경과 문제로 겪게 되는 두려움과 고통에 겁먹고 도망치거나 숨지 않고 직면하며 해결하는 과정에서의 경험이 본질에 충실한 삶을 이끈다. 삶의 문제들에 회피하지 않고 직면하는 용기 있는 마음은 위대하고 아름답다.

회피

살다 보면 어떤 일이나 상황에 대하여 직접 하거나 부딪치기를 피하고 꺼리는 경우가 간혹 있다. 세상사에는 피해야 할 것과 부딪혀야 할 것이 공존한다. 회피는 현재의 삶에 안주하고 싶은 마음에서 오고 소극적인 태도로 드러난다. 삶의 본질이나 정곡을 마주하기보다는 외면하는 데 익숙하다. 회피하지 말아야 할 것을 피하는 것은 인생의 정공법이 아니다. 회피는 적극적인 투쟁의 결과 획득된 인류의 생존 본능을 거스르는 행태이고 삶에 대한 방치이고 모독이다.

2001년 9월 11일 미국에서 벌어진 항공기 납치 동시다발 자살 테러 사건을 아직도 생생하게 기억한다. 이 사건으로 뉴욕의 110층짜리 세계무역센터 쌍둥이 빌딩이 무너지고, 미국 국방부 펜타곤이 공격을 받았다. 미국과 전 세계를 충격 속에 빠뜨렸던 대참사는 3,500여 명의 인명 피해를 가져왔다.

모든 생명체는 위험 상황을 감지하고 이에 대처해 살아남는 생존 유전자나 생존 본능을 갖고 있다. 세계무역센터가 최초로 항공기 테러 공격을 받고 붕괴될 때까지 55분과 1시간 40분 정도의 시간이 걸렸다. 이처럼 절체절명의 순간에 생존 본능에 따라 탈출을 시도한 사람과 회피한 사람의 생존 가능성은 어땠을까. 이때 55분과 100분은 생사를 가르는 골든타임으로 작용했을 가능성이 크다.

살면서 부딪히는 골치 아픈 문제나 갈등을 '좋은 게 좋은 거'라는 생각에 덮는 것만이 능사는 아니다. 어떤 일을 미루고, 미루기 위해 명분이 되는 일을 만들고, 때가 아님을 핑계 삼아 회피한다. 회피도 습관이다. 내가 갈등이나 문제들에 다가가 부딪치지 않으면 내 의지와는 상관없이 갈등이나 문제가 거꾸로 내게 부딪혀온다.

가정이나 직장에서 불편한 관계를 회피하고 방치하면 가슴에 멍이 생기고 상처는 곪는다. 조직에서의 회피는 성과나 결과를 잉태하지 못하는 불임의 아픔을 겪게 된다. 심리학 연구 결과들은 새로운 시도를 할 경우가 하지 않을 경우보다 후회할 가능성이 적다는 것을 보여준다. '할까 말까', '갈까 말까', '줄까 말까' 망설여진다면 전자를 선택하는 삶이 건강하다고 말한다.

작가 서천석은 이렇게 말한다.

"살다 보면 우리는 해결되지 않은 문제에 부딪칩니다. 바로 그 순간이 결정적 순간입니다. 그 순간에 더 집중해서 어떻게든 문제를 풀어내려 노력할 수도 있고, 그 순간에 문제를 원망하며 돌아설 수도 있습니다. 할 수 있는 모든 방법을 동원해 문제에 매달린다면, 내 영혼 전체를 걸고 문제에 부딪힌다면 다른 결과를 낼 수도 있습니다."

생각 근육을 키워 도전력을 높이는 것이 삶의 정곡을 파고드는 힘이다. 어떤 일이나 상황에 대해서 치밀하고 냉철한 시각으로 파고든 후 끈질기게 도전하는 자세가 신생新生의 삶을 가져다준다.

올해 95세인 김형석 명예교수는 "인생이 뭔지 알고 행복이 뭔지 알면서 발전하는 시기가 60에서 75세라고 생각합니다"라고 말한다. 그는 지금도 매일 평균 원고지 40장을 집필하고, 한 달에 40회의 강연을 한다. 정년을 앞둔 내게 닥쳐올 힘듦과 어려움에 대하여 회피하지 말고 도전하며 살라고 죽비를 내려친다.

흠집

우박이 떨어져 흠집이 생긴 사과를 샀다. 우박 사과는 크고 때깔도 좋았지만 맛이 미심쩍어 한참을 망설이다 구매 경쟁 분위기에 휩쓸려 장바구니에 담고 말았다. 우박 사과는 가격 대비 맛까지 기가 막혀 가성비가 좋아 흡족했다. 우박 사과의 흠집에는 제값을 못받아 숯덩이가 된 농부의 마음이 고스란히 묻어났다. 품질 좋은 사과든 흠집 사과든 정성 들이는 시간은 똑같지만 가격 차이는 천지간이다.

흠집은 물체가 깨지거나 찢어진 자리나 흔적이고 인격이나 행동, 권위 따위의 부족한 점이나 결함이다. 물건을 사용하다 보면 어쩔 수 없이 생활 기스에 맞닥뜨리게 된다. 새로 장만한 자동차와 핸드폰에 흠집이 나면 두고두고 속이 상한다. 몸에 난 흉터로 주눅이 들고 눈치를 보며 사는 게 다반사다.

오십 중반이 넘은 내게도 아주 어릴 적에 난 상처로 못생긴 왼손약지손가락 손톱 때문에 자꾸 신경 쓰인다. 도공은 도자기에 작은 홈집이라도 생기면 가차 없이 깨트려 폐기한다.

인생의 흠집인 오점은 마음을 잘 못 써 응어리진 부끄러운 자화상이다. 도덕 감정을 관장하는 내면의 법인 양심에 근거하여 말하고 행동하지 않으면 인생에 오점이 생긴다. 현자는 사람이 닦고 배워 없애야 할 여덟 가지 흠으로 주제넘음, 망령, 아첨, 알랑거림, 참소, 이간질, 사특함, 음험을 들었고, 물리쳐야 할 네 가지 근심으로 외람됨, 탐욕, 똥고집, 교만을 말했다.

여덟 가지 흠과 네 가지 근심을 끼고 사는 비뚤어진 마음으로는 인생을 오점 없이 완주해 내기란 만만치 않은 일이다.

지족知足할 줄 모르는 탐욕은 인생에 크고 작은 실수나 잘못을 남긴다. 장석주 작가는 "본디 모든 존재는 자유롭게 살아야 한다. 자유롭지 못한 것은 대개는 물物에 매이기 때문이다. 장자는 도를 아는 사람은 반드시 이치에 통달하고 그 결과로 물로써 자기를 해치지 않게 된다고 했다.

물은 타고난 바의 자아가 아닌 모든 것을 말한다. 살아가는 데 필요한 물질적 필요들, 그리고 부귀와 명예들이 다 물의 범주에 든다. 이것들은 얻으려고 애쓸 때 마음에 희로애락이라는 파문이 일고 기필코 몸을 번거롭게 만든다"라고 말한다. 나이 들어 나는 오점은 평생의 평판에 치명적이다. 잘못은 숨겨지고 지워지는 게 아니다. 잘못을 떠안고 사는 것 말고는 묘안이 없다.

　이기주 작가는 "하나의 상처와 다른 상처가 포개지거나 맞닿을 때 우리가 지닌 상처의 모서리는 조금씩 닳아서 마모되는 게 아닐까. 그렇게 상처의 모서리가 둥글게 다듬어지면 그 위에서 위로와 희망이라는 새순이 돋아나는 건지도 모른다"라고 말한다.

　오점은 당당하게 기록할 수 없는 이력이지만 성장의 자양분이 되기도 한다. 이력서에 기록되지 않은 고통스러운 좌절과 부끄러운 오점들이 삶을 풍요롭게 해주는 진짜 인생일 수 있다.

　인생의 오점을 성장의 디딤돌과 원동력으로 삼는 것은 자신의 몫이다. 김동연 장관은 "신神이 사람을 단련시키고 키우는 가장 전형적인 방법은 그 사람이 '있는 자리'를 흩트리는 것이라고 한다. '있는 자리 흩트리기'는 인생의 오르막길을 오를 때는 용기를, 자리가 공고해졌거나 정점에 올랐을 때는 스스로 경계하는 지혜를 줄 것이다"라고 말한다. 단, '있는 자리 흩트리기'의 근간은 근본이 흔들려서는 안 된다는 점이다. 근본이 서면 자기가 가야 할 길이 열리는 법을 알게 되는 까닭이다. 자신과 누군가에게 상처가 되는 오점을 내지 않고 사는 인생은 근본이 답이다.

삶은 일 외의 다른 가치로
채워져야 한다

사람은 매 순간 자신과 약속을 하며 산다. 서릿발 같은 결심을 했다가도 슬그머니 물러서버릴 때가 태반이다. 자신도 속이고 타인도 속이는 삶을 반복한다. 거짓말은 삶을 부도不渡 상태로 이끌고 부실한 사람이 되게 한다. 맑고 향기로운 삶은 자기와의 약속을 지키며 사는 불기자심不欺自心으로 완성된다.

생각과 마음은 행동으로 드러난다. 신과 타인이 자신의 행동을 시視·관觀·찰察하고 있다는 사실을 염두에 두고 사는 것이 마음공부다. 마음을 들여다보는 시간은 영혼을 고문하고 자아를 검열하고 해부하는 과정이다. 성숙한 삶의 원천은 자아를 인식하고 자아를 조정하며 자아를 분석하는 능력을 배양하는 데 있다.

사람의 인성으로 사람답게 살기 위해서는 자기 이해를 토대로 '나'를 정립하는 시간은 필연적이다. 배철현 교수는 "목표를 설정하고 그것을 달성하기 위해 정교하게 계획하고 실행하는 수련만이 변화무쌍한 환경과 유혹을 극복할 수 있는 무기다"라고 말한다. 사유를 통한 성찰과 통찰의 깨달음이 욕망과 유혹에 빠지지 않도록 해주고, 삶의 군더더기를 덜어내 진짜 삶을 살게 해준다.

인생의 소중한 가치와 고유한 임무를 스스로 깨우치고 완성하며 살겠다는 다짐이 마음공부다. 고대 이스라엘의 위대한 왕이자 가장 지혜롭다고 존경받는 솔로몬조차 인생의 끝자락에서 "나는 지난 세월을 너무 헛되게 살았구나! 헛되게 살지 않은 것이 하나도 없구나. 내가 행했던 모든 것들이 헛되다!"라는 회한을 남겼다. 살면서 '행하지 말아야 할 것'을 가려내 회한을 남기지 않고 살겠다는 깨달음과 실천이 마음공부의 정수精髓다.

잘 살고 있나요?

초판 1쇄 인쇄 2018년 9월 10일
1쇄 발행 2018년 9월 19일

지은이   이종완
발행인   이용길
발행처   **모아북스**
        MOABOOKS

관리   양성인
디자인   이룸

출판등록번호   제 10-1857호
등록일자   1999. 11. 15
등록된 곳   경기도 고양시 일산동구 호수로(백석동) 358-25 동문타워 2차 519호
대표 전화   0505-627-9784
팩스   031-902-5236
홈페이지   www.moabooks.com
이메일   moabooks@hanmail.net
ISBN   979-11-5849- 083 - 6   03810

모아북스
MOABOOKS 는 독자 여러분의 다양한 원고를 기다리고 있습니다.
(보내실 곳 : moabooks@hanmail.net)